魔豆

魔豆

夜之賢者
Sage of Night 07
香草 著

阿爾文
艾爾頓帝國親王。外表爽朗，實則警戒心重。待人處事嚴謹但圓滑，使眾人相當信服。
傑瑞米
不敗戰神，阿爾文與路卡的皇叔，叛離了艾爾頓帝國。
沈夜
聰慧溫潤的小說家，意外穿越到異世界。看似無害，關鍵時刻卻十分可靠。
路卡
艾爾頓帝國皇帝。表面溫和好說話，實質腹黑並善於權謀。

伊凡
原是名刺客，現為沈夜的暗衛。任何人事物都冷漠以對，只在乎妹妹賽婭與沈夜。
賽婭
伊凡的妹妹，魔法師。性格老實溫和，為國內閃亮的魔法界新星。
夜之賢者
—人物介紹—

夜之賢者

Sage of Night 07

目錄

※楔子

賈瑞德一直認為自己已經做好了準備，可自從登上皇座後，他才真正感受到當皇帝的苦衷與難處。

賈瑞德的父皇並不是一個很有能力的人，他雖然有野心、手段強硬，可是卻不擅長內政。當國家交至賈瑞德手上時，雖然埃爾羅伊帝國看似強大依舊，但其實國力已逐漸走下坡了。

因此這段時間，身為新皇的賈瑞德簡直忙成了狗，艾爾頓帝國賢者叛國潛逃這種大事，忙碌不已的他過了許久才知道。

得知此事時，賈瑞德在震驚之餘卻是不相信的。

記得當初與沈夜一起前往弗羅倫斯帝國，他可是開出了非常豐厚的條件來挖角，可是少年對此卻是完全不為所動。沈夜對艾爾頓帝國的感情這麼深厚，賈瑞德難以相信對方會為了利益而背叛國家。

對於人的感情，當時的賈瑞德是嗤之以鼻的，可是自從與沈夜他們一起經歷生死後，卻是漸漸相信了。

憑沈夜與路卡他們的情誼，只要重視的人還在艾爾頓帝國一天，沈夜便不會投靠他國懷抱。賈瑞德正是確定了這一點，才會對招攬沈夜一事徹底死了心。

可現在卻有人說沈夜叛國，賈瑞德怎麼想都覺得不可能。

雖然他相信沈夜是無辜的，但他國內政他不便插手，即使心裡很想幫助沈夜，卻是什麼也不能做。

並不是坐在高位，什麼事都可以做。一個人愈是位高權重，顧忌便會愈多，所做的事不單要向自己負責，還要向千千萬萬信任他、追隨他的國民負責。

而且賈瑞德也不認為路卡他們會袖手旁觀，讓少年受到這樣的指責，反正沈夜的事情自有路卡他們操心，因此賈瑞德就心安理得地把這事拋下，繼續忙國政忙得天昏地暗。

然而有些時候，當你以為與自己無關，事情卻會在驟不及防之下降臨。

這天賈瑞德正在埋首辦公，窗外卻傳來了吵鬧聲響。被打擾到工作的賈瑞德皺起了眉，一臉不爽地抬頭看向窗戶。

結果這一看還眞嚇了一跳，只見一張大大的獅鷲臉就在玻璃窗外，賈瑞德的視線正好與這位不速之客對上。

地處北方的埃爾羅伊帝國氣候寒冷，魔獸噴出的氣息迅速在玻璃上形成一層薄冰。可能是因薄冰而看不清楚城堡裡面的環境，又或者想讓賈瑞德快些注意到，原本正面對著玻璃窗的獅鷲側過了頭，右邊臉頰直接壓在玻璃窗上。那副瞪大著眼睛、毛全被壓扁的模樣，實在……滿蠢的。

賈瑞德無奈地按住額角，雖然在他眼中每頭獅鷲都長得差不多，不過這麼蠢萌的，據他所知，就只有被沈夜馴養、名爲「毛球」的獅鷲了。

當毛球將臉壓在玻璃窗上後，外面的呼喊聲頓時愈發激烈，賈瑞德依稀還能聽到有人在大喊「保護陛下」。

一眾衛兵爲了自己打算奮力作戰，即使面對強大的獅鷲也毫不退縮，偏偏賈瑞德卻完全感動不起來，只覺得哭笑不得。

這到底是在鬧哪齣啊？

賈瑞德擔心再鬧下去雙方會出現傷亡，連忙向衛兵表示自己認識這頭獅鷲，並讓人把毛球帶進室內。

衛兵們雖對獅鷲仍有著深深警戒，認為皇帝陛下把這種凶猛無比的魔獸放進城堡實在太危險，但既然皇帝已下了命令，他們也只能依令行事。他們唯一能做的，便是緊張地注視著毛球的一舉一動，若牠有任何攻擊意圖，便能第一時間出手阻止。

相較於繃緊著神經、蓄勢待發的衛兵們，被他們監視著的毛球卻顯得非常悠閒，進入城堡後，先挑釁地朝衛兵們咧了咧嘴，隨即便逕自用前肢梳理著臉頰上被壓得亂七八糟的毛髮，簡直視那些戰戰兢兢的衛兵為無物，囂張的態度氣人得很。

賈瑞德假咳了聲，問：「你是毛球吧？」

毛球鄙夷地睨了賈瑞德一眼，賈瑞德有些明白那些衛兵的感受了。

被一頭魔獸鄙視智商什麼的……感覺也太鬱悶了吧？

見獅鷲如此人性化的表情，雖然雙方語言不通，但縱觀牠現身至今的舉動，賈瑞德已確定眼前這頭獅鷲，是沈夜養的毛球無誤。

衛兵們聽到「毛球」這名字後，不約而同地嘴角一抽，心想到底是誰替一頭獅鷲取了這麼奇葩的名字？而且看獅鷲的模樣，似乎還對這名字感到很滿意？

想到這，衛兵們對毛球的敵意頓時消退不少，取而代之的是深深的同情，心想這頭獅鷲再氣人也只是可憐的魔獸，審美觀都被牠的主人扭曲了！

賈瑞德並不知道「毛球」這名字對衛兵們帶來的衝擊，仍逕自努力與毛球交流：「你怎麼會過來？是……你的主人讓你過來的嗎？」

有鑑於沈夜正被艾爾頓帝國通緝，賈瑞德爲免麻煩，並沒有提起沈夜的名字。

其實賈瑞德的話並不正確，嚴格說來，沈夜並不是毛球的主人，他們之間所訂的是平等契約，因此雙方地位是平等的。

然而毛球並沒有因賈瑞德的話感到生氣，也許在牠心中，自己與沈夜已經親近得無分彼此，因此，即使有著獅鷲的高傲心，對於被誤認爲沈夜是牠主人一事也完全氣不起來。

不過，賈瑞德很快發現到一個很嚴重的問題，便是他與毛球語言不通！

獅鷲是非常聰明的生物，接觸人類社會許久的毛球更是聽得懂不少人類話語，可是畢竟只是聽得懂，因爲發聲構造不同，牠根本說不出來！

至於賈瑞德，更是對獅鷲的鳴叫聲完全沒有概念……

突然發現自己語言能力被一頭魔獸完爆，賈瑞德的心情極爲鬱悶。

見賈瑞德爲難的模樣，毛球立即察覺到問題所在，再次鄙視地看了對方一眼後，便拍動著翅膀飛離城堡。衛兵們看到充滿危險性的獅鷲終於離開，忍不住鬆了口氣。

可是他們卻放鬆得太早，離開不久的毛球，很快又折回城堡裡。

毛球丟下口中的東西，隨即用右前肢將它推向賈瑞德，並向皇帝陛下鳴叫了幾聲。

賈瑞德看著毛球特別帶回來的東西，遲疑著說道：「……石頭？」

毛球壓著石頭的前肢用力踩了踩，並再次鳴叫了聲。

賈瑞德看著獅鷲，突然靈光一閃地說道：「我明白了！你是來取走我先前答應借給他的血石!?」

毛球見賈瑞德終於明白自己的意思，滿意地點了點頭，隨即一副大爺模樣地懶洋洋趴下，就等賈瑞德將血石雙手奉上。

賈瑞德苦笑著喃喃自語：「明明已經被當成叛國的叛徒，逃亡時卻還不忘派毛球來取走血石……我到底該怎麼說服國家裡的老頑固啊？沈夜啊沈夜，你還眞出了一道大難題給我呢！」

Chapter 1 瑪雅的決定

近來，皇城籠罩在壓抑的氣氛之下，這座繁榮城市彷彿蔓延著一股看不見的陰霾。

巡邏的衛兵變多了，次數也變得頻繁，各種流言四起，皇城裡處處可見沈夜的通緝畫像。

自從賢者大人叛變、逃離皇城後，緊接著皇城內發生了一件大事——錫德里克家族族長，艾尼賽斯伯爵猝死了！

錫德里克家族身爲國內古老貴族，在艾爾頓帝國紮根已久，艾尼賽斯伯爵早已亡故的妻子更是先后的親妹妹。自從傑瑞米離開後，艾尼賽斯伯爵算得上是國內除了阿爾文外，權力最大的皇親國戚了，沒想到一直身體健康的他會突然死去，完全沒有任何先兆，只留下一個年輕的女兒，實在令人唏噓。

接連不斷的不幸事件，造成艾爾頓帝國人民的不安。亞伯勒身爲這些事情的罪魁禍首，對此自然樂見其成，加上又是敵國，他恨不得艾爾頓帝國愈亂愈好，最好讓路卡方寸大亂，讓他更容易實行接下來的各種計畫。

對於亞伯勒提出向艾爾頓帝國發動戰爭一事，歐內特斯國內有著各種不同的聲音，但巴德是贊同的。

雖然兩國關係現在處於各自休養生息的狀態，可是艾爾頓帝國的發展明顯領先歐內特斯帝國。

尤其沈夜當上賢者後，推廣了不少利國利民的措施，聽說現在還有不少正在進行的研究。也許短時間內還看不出沈夜推行的事物會帶來多大影響，但只要有足夠的時間，艾爾頓的國力一定會有飛躍性的增長。

要是維持現在的步調，歐內特斯帝國不久便會被對方遠遠拋離，到時想要超越更是難上加上。

兩國之間積怨已深，若是艾爾頓帝國勢大，勢必會打壓他們歐內特斯帝國，不想在將來被敵國處處壓制，就只有趁現在擊敗對方了。

只是對於亞伯勒的計畫，巴德卻仍有疑慮：「讓瑪雅當接應，這樣不會有問題嗎？她終究是個女人，女人都是感情用事的生物，雖然她對路卡的感情大多出於利益，可怎麼說他們也是有著從小一起長大的情分。要是瑪雅一時不忍心，壞了我們的事便糟糕了。」

亞伯勒是個自負的人，從來容不得他人質疑，要是說這番話的是其他人，說不定已身首異處。然而對於最為信任的心腹巴德，他總是多了分寬容，加上最近成功弄得路卡焦頭爛額，亞伯勒心情特別好，因此難得心平氣和地向巴德解釋：「瑪雅是一直作著皇后夢沒錯，但與其說她喜歡路卡，倒不如說她喜歡的是身為皇后所擁有的權力。她是個薄情的女人，就像我這次派人殺死艾尼賽斯，她的確傷心難過，可是更多的是慶幸死的人不是她。」

見到巴德若有所思的神情，亞伯勒嘴角勾起一個諷刺的笑容，續道：「現在艾尼賽斯死了，瑪雅成了父母雙亡的孤女，無論是因為她身為錫德里克家族繼承人的身分，還是出於對表妹的憐憫，不管路卡對瑪雅有怎樣的想法，他這段時間必會待她特別溫柔和善、盡量滿足她的要求，以示皇室對錫德里克家族的重視。這對我們來說可是個難能可貴的好機會，還有比瑪雅更適合的人選嗎？」

巴德聽完亞伯勒的解釋，平靜地頷首說道：「我明白了，接下來的事我會安排好的。」

亞伯勒聞言滿意一笑，笑容中帶著病態的瘋狂：「現在艾爾頓帝國的皇族血脈就只剩路卡一人，只要能夠殺掉他，便等於毀了艾爾頓帝國，我們絕不能錯過這個大好機會！」

此時被亞伯勒與巴德談論著的瑪雅，則成了人人憐憫的可憐孤女。瑪雅在這次事件中賺足了同情分之餘，亦成爲艾爾頓帝國最多青年才俊想要迎娶的女子。她的愛慕者集中起來，都可以從府邸大門排隊至城門外了！

錫德里克家族人丁單薄，艾尼賽斯的直系血親就只剩瑪雅一人，在他死後，瑪雅便毫無懸念地將繼承父親的爵位。

瑪雅長相美麗、性格溫婉，原本已是不少年輕男子心裡的完美女神，現在還將繼承父親的爵位，更加讓眾人趨之若鶩。

艾尼賽斯伯爵死前正值壯年，若等他自然過世，瑪雅都不年輕了，將來的事有太多變數，怎比得上她現在就能繼承爵位呢？

一個家族之首的女伯爵，與尚未繼承爵位的貴族千金相比，身價自然不可同日而語，這令原本不少仍在觀望的人都下了決定，向瑪雅大獻殷勤起來。

畢竟誰娶了瑪雅，生下來的孩子便能繼承爵位，這可是門穩賺不賠的生意。何況女孩長得漂亮，娶了她絕對是人財兩得的天大好事。

國內還開始出現不少聲音，認爲路卡與瑪雅是天作之合。畢竟皇帝陛下已到了娶妻的年紀，而瑪雅各方面條件也很不錯；加上明眼人也能看出瑪雅對路卡情意深重，實在是相當適合的皇后人選。

對於民眾的期望，路卡並沒有做出任何明確回應，彷彿完全不知道這些事情似的。不過在眾大臣看來，皇帝陛下並沒有拒絕瑪雅的親近，二人的婚事還是很有希望。

瑪雅因爲繼承爵位等事，這段時間須要經常與路卡見面。她很驚喜地發現路卡待她的態度比以前親近不少，面對她熱情愛慕的眼神，也沒有以前疏離的模樣了。

這讓瑪雅心裡暗自得意，心想把沈夜趕走果然是對的，沒有少年在背後詆毀她，路卡終於再次感受到她的好。

瑪雅與路卡商討事情結束後，含羞帶怯地向對方低眉淺笑，得到青年溫柔的注視後，這才心滿意足地離去。當瑪雅離開房間後，路卡溫和的笑容卻迅速退去，只剩下冰冷與疏離。

目睹全程的萊夫特臉上神色不變，心裡卻感慨這些皇親國戚全都是影帝。前一秒還演著柔情蜜意，下一秒卻變成了冷漠與猜疑，這種變臉速度實在令人咋舌。

「陛下，您在懷疑瑪雅小姐嗎？」

對於總管萊夫特，路卡既然讓他擁有處理城堡中大小事務的權力，自是非常信任對方，因此並沒有對他隱瞞自己的想法：「是的。雖然真要說起來，瑪雅與小夜並沒有什麼接觸，她沒有針對小夜的理由才對。然而先前小夜被漢弗萊他們綁架時，瑪雅正好目擊了過程；當小夜因叛國嫌疑被軟禁在城堡時，瑪雅也曾要求探望他。這兩次事件中，她都表現出很擔心小夜的模樣，可我怎麼從不知道他們感情這麼好呢？」

萊夫特中立地說道：「也許瑪雅小姐並不是真的擔心賢者大人，只是想要藉此吸引陛下您的注意呢？」

「既然如此，她就更不該在我心情不好時往我眼前湊，尤其是小夜被誣衊叛國時，所有人都知道我心情不好。瑪雅是個聰明人，故意跑到我面前表現實在有些超過了。與其說她擔心小夜，又或者想要親近我，倒不如說她是懷著其他目的。」

路卡頓了頓，續道：「也許是我多心了。可是我總覺得艾尼賽斯的死太突然、也太湊巧了點……前往錫德里克府邸拜訪的人回來了嗎？」

萊夫特道：「他們已經回來了，並沒有發現任何異樣，要傳喚調查人員過來細問嗎？」

路卡搖了搖頭，道：「找個機會引開錫德里克府邸的下人，用小夜與喬恩研發的那個探測血跡的方法試試。」

說到這探測血跡的方法，不得不提沈夜每天與喬恩的床前小故事。

沈夜說的故事五花八門、什麼都有，從一開始的西方童話故事，到後來的中國成語故事，甚至還以一些古代書籍爲題材，開始了每晚一集的長篇連續故事。

因喬恩藥劑師的身分，沈夜爲引起孩子的興趣，選擇了古代法醫學著作《洗冤錄》。《洗冤錄》曾被拍攝成電視劇，因此沈夜對它印象較爲深刻。雖然《紅樓夢》等等也是很偉大的名著，可是沈夜對它們的故事記憶並不深，加上與醫學較無關，也就沒有列入選項之中了。

其中，沈夜曾提及用釃米醋潑地能讓血跡顯現的情節，想不到喬恩卻對此事念念不忘，頻頻詢問細節。

可是沈夜一個文科生，又怎知道當中的原理呢？他只依稀記得過程中需要濃度很高的醋，與酒混在一起後潑到血跡上，其他的就說不出來了。

結果在一知半解、誤打誤撞的情況下，竟眞讓喬恩利用釃米醋研發出一種能顯現血跡的藥劑！

原本這藥劑只是喬恩心血來潮之作，可對路卡來說卻是大有用武之地。這種藥劑並不難煉製，喬恩見路卡喜歡，便很大方地煉製了不少給他，而這種藥劑在這次調查中便能大派用場。

路卡一直覺得艾尼賽斯伯爵的死十分蹊蹺，可惜從伯爵的屍體看不出什麼線索，又不能在沒得到瑪雅的同意下解剖屍體。

現在瑪雅身爲失去父親的孤女，那嬌嬌弱弱的模樣賺足了同情分；反觀路卡，他因不久前偏幫沈夜，民望有所下滑。在這種微妙的時刻，路卡更須步步爲營，實在不宜明著調查艾尼賽斯伯爵的事。

萊夫特是爲數不多知道這個藥劑的人，聽到皇帝陛下的命令後，他欠了欠身，表示會把事情辦好。

路卡點點頭，他素來很放心把事情交給萊夫特安排。結束這個話題後，路卡便到地牢去看被囚禁的伊凡與賽婭。

自從沈夜叛國逃走後，伊凡兩人便以共犯身分被柯特逮捕，並囚禁於城堡內。雖然路卡無法讓他們擁有沈夜被軟禁時的待遇，可仍盡力讓他們少吃些苦頭，至少在他的介入下，擋住了伊凡兄妹被嚴刑逼供的可能。

因爲怕幕後之人會對伊凡他們下手，路卡不顧眾人反對、頂著壓力，堅持把兄妹倆收押在位處城堡地下的牢獄裡。

城堡地下設有數層牢獄，最低層是關押重刑犯的水牢，路卡當然不會把伊凡他們關在那裡，而是挑了兩間環境較好的上層牢房，讓他們待著。

即使如此，地牢這種地方免不了陰暗潮濕，路卡也只能保障他們基本的居住條件，不方便對他們過於特殊，因此兄妹倆還是少不了吃些苦頭。

身體素質向來不錯的伊凡還好，賽婭卻因爲受不了陰寒而有些發燒。這個地下牢獄設有結界，能夠封印所有魔法、鬥氣等力量，以防罪犯鬧事或逃走。即使賽婭是名火屬性魔法師，在無法凝聚火元素的情況下，自然無法利用魔法抵禦寒冷。

賽婭生病後，路卡雖無法帶她離開牢獄，卻力排眾議地讓醫生給她看了病，並讓下人在她牢房裡多添了些保暖用的被褥。

對於路卡的做法，一些人挺有意見，然而路卡表示賽婭是重要的證人，也許她知道沈夜的去向，因此一定不能讓她有事，便把那些人打發了。

路卡進入牢獄後，先去探望了賽婭，不過女孩吃了藥後正在睡覺，於是便沒有打擾她，交代看守的獄卒多照顧後，他便來到關押伊凡的牢房外。

「她怎麼樣？」伊凡看到路卡前來，一改平常沉默寡言的模樣，略帶緊張地詢問。

「喝了藥睡著了，我已經交代獄卒多照看她，你放心吧！」路卡道。

「謝謝。」

路卡聽著伊凡的道謝，實在有些不習慣。伊凡這人素來獨來獨往慣了，即使因小時候受到路卡他們的照顧，會在訓練後出任務時以實際行動作爲報答，但這還是路卡第一次獲得伊凡的道謝。

「不客氣，你們受苦了。」路卡嘆了口氣：「現在還不能把你們放出來，我能夠做的就只有這些了。」

伊凡頷首表示了解，看向路卡的眼神卻多了些溫度。青年很明白沈夜這一走，路卡護著他們須承受多大的壓力。

路卡能夠壓著那些想要扳倒沈夜的人，不讓那些人對他們行刑，這已讓伊凡很感激了。

青年決定留下來阻擋柯特他們、爲沈夜爭取時間時，已有了接下來的日子並不會好過的心理準備。如果這事只發生在他身上，忍忍就過去了，可是賽婭最終卻一起留了下來，他怎樣都不想看到妹妹與自己一同受苦。

現在路卡爲他們擋住了大部分危險，雖然牢獄之災終究免不了，但伊凡依然很感激，也領路卡這份情。

路卡笑道：「要是讓皇兄聽到你對我道謝，他一定嫉妒死了。自從你離開他的部隊後，他便老是叨嚷著你對他有多無情。」

氣氛因爲路卡這句話而輕鬆了些，路卡在前往伊凡的牢房時，已讓看守的獄卒先行離開，因此這裡除了他們二人便沒有其他人，伊凡說話於是沒有了顧忌：「阿爾文人呢？他去找小夜了？」

路卡想不到伊凡這麼敏銳，也沒有隱瞞，點頭道：「是的，我還在找能夠替小夜平反的方法。雖然小夜暫時還不能回來，但無論如何阿爾文先與他會合，也比較能讓人放心。不然沈夜與喬恩兩人在外面生活，實在太令人擔憂了。」

路卡頓了頓，笑著補充：「不，還有小葵和他們在一起，至少武力值還是有些微提升吧？不過仍是令人放心不下就是了。另外，事發後毛球也失蹤了，應該是小夜利用契約聯繫了牠，就不知道毛球是和他們在一起，還是被小夜派去其他地方。」

想到沈夜這次出走，僞裝成另一副模樣跑到傑瑞米身邊，路卡對於毛球去向的猜測便更偏向於後者。畢竟獅鷲並不常見，而被人馴服的獅鷲，他目前所知就只有毛球，要是沈夜讓毛球大剌剌地過去，傑瑞米輕易便能猜出他的身分。

伊凡點了點頭，道：「如果須要幫忙可以告訴我，我至少有一次機會可以離開牢房。」

路卡挑了挑眉，身爲城堡主人，他對這地下牢獄的看守還是相當有信心的，進入這裡的犯人不僅被沒收了所有武器與空間飾物，還被結界封鎖了魔力與鬥氣，而且四周還有獄卒二十四小時看守，路卡實在難以相信伊凡能單憑一己之力逃離這裡。

伊凡即使知道獄卒已經被路卡支開，沒人能聽見他們的對話，但他還是很小心地側開身體，確保那東西從衣袖滑出時，只有他與路卡能夠看到。

路卡看到伊凡藏在衣袖的東西時，忍不住露出訝異的神情：「喬恩成功了？」

伊凡默然頷首。

年輕皇帝一臉恍然大悟。伊凡衣袖藏著的東西，的確有機會讓他逃離獄房，而現在相信沈夜的人不多，能夠承擔叛國罪名爲沈夜冒險的人就更少了。路卡並沒有什麼可用之人，如果伊凡能夠出手，在必要時倒是張不錯的牌。

不過……

「進牢房前不是要搜身嗎？你把東西藏在哪裡？」看守牢獄的獄卒都是很有經驗的老手，伊凡竟然能避過他們的搜查，著實令路卡意外。

伊凡並沒有回答路卡的疑問，只是默默將東西藏回衣袖。對此路卡並不在意，誰都有一些不想讓別人知道的手段，而他詢問伊凡也只是出於好奇，並不是一定要獲得答案。

自從伊凡兄妹被抓後，這還是路卡首次在沒有第三者的狀況下與他們會談，於是雙方把握機會，簡略交換了些資訊。伊凡告訴路卡沈夜出現在賢者府後的事情，雖然在通訊中沈夜已向路卡說過一遍，但說的人不同，看事情的觀點與角度也有所不同，因此路卡沒有絲毫不耐，仔細聽著伊凡的敘述。

而路卡則告訴伊凡，他們與沈夜用魔法水晶通訊時的內容。過程中，伊凡鮮少發問，可是仔細聆聽的模樣讓人知道他非常重視這些訊息。

路卡與伊凡交換資訊的同時，離開城堡的瑪雅心裡雀躍得快要飛起來了。原本路卡聽信沈夜的讒言、開始疏遠她後，瑪雅都覺得皇后之位此生無望了，想不到對方一離開，路卡對她的態度便開始軟化下來。這讓一直以嫁給路卡爲目標的瑪雅再度看到了希望！

她的魅力果然還是很大的，沒有沈夜在旁說三道四，路卡自然能夠看得到她的優點。

瑪雅對自己的容貌與談吐、氣質很有自信，她與路卡從小認識，有著與其他女人所沒有的情誼；再加上她即將繼承爵位，成爲帝國內最年輕的女伯爵，絕對是最適合作爲路卡妻子的人選。

近期皇城內出現不少提議瑪雅當皇后的聲音，其中有部分是她在背後推動的，但更多的卻是民眾自發的言論。這讓瑪雅喜孜孜心想，她回到皇城後，經常做善事、經營聲望的舉動總算沒有白費。

現在她失去了父親，正是須要人安慰的時候，無論路卡心裡對她有沒有想法，這種情況下都會待她特別寬容溫柔。而瑪雅現在要做的，便是努力把他的同情轉變成愛情。

雖然瑪雅不敢承認內心深處那個很薄情的念頭，但她其實很慶幸艾尼賽斯死得及時，讓她再次得到了成爲皇后的機會！

即使心裡歡喜，瑪雅回家途中還是把一個失去父親的悲傷弱女子演得入木三分。不少人看到瑪雅蒼白著一張美麗的容顏，故作堅強、強忍傷痛的模樣，都對這位失去至親的少女同情得不得了；瑪雅的裙下之臣更是心痛得不行，只願自己能夠成爲再讓她展露笑顏的人。

這麼柔弱又善良的女子，上天爲什麼這樣殘忍，要讓她受到這麼多苦難呢？

感受到民眾同情的視線，飾演悲情弱女的瑪雅演得更加賣力了，她享受著眾人關注的目光，生出一種玩弄眾人於股掌中的優越感。

可惜她的好心情，卻在與巴德的通訊中消失殆盡。

歐內特斯帝國終於要向艾爾頓帝國出手了。

並不是像現在這樣的小打小鬥，亞伯勒決定正式侵略艾爾頓帝國！

而她——瑪雅．錫德里克，則被挑選爲這次侵略的一顆先行棋子。

明明前一刻她才因路卡轉變的態度而沾沾自喜，覺得成爲艾爾頓帝國皇后的美夢快將實現。然而現在，殘酷的現實卻狠狠甩了她一巴掌。

要是她依照巴德的話行事，無論這件事成與不成，她與皇后之位也無緣了，真面目也勢必會被民眾知曉，現在人民有多喜歡她，到時就有多痛恨她！

可若是拒絕……她能夠拒絕嗎？

瑪雅腦中浮現出艾尼賽斯的淒慘死狀。她知道只要自己不肯配合，甚至只要有些微的猶豫，父親的死就將是她未來的寫照。亞伯勒要弄死她，不比碾死一隻螞蟻困難。

不得不說，亞伯勒還是非常明瞭瑪雅的個性。瑪雅只是失落了一會兒，很快便恢復了心情，並沒有像巴德擔心的那樣感情用事，而是迅速選擇了一條適合自己的路，下定決心好好完成亞伯勒交代的任務。

既然背叛艾爾頓帝國已是無法擺脫的命運，那麼她只能把事情做到完美，獲取最大的功勞。

即使成功後會被民眾怨恨，可是身為擊垮艾爾頓帝國的大功臣，那些人再怎麼生氣也拿她沒奈何，到時也只敢在心裡怒罵而已，在她面前還不是要表現得恭恭敬敬？

如果成為皇后的這條路已經不可行，那麼，就讓她用其他方法來謀取榮耀與權力吧！

Chapter 2
疾病肆虐

當沈夜醒過來後，看著四周簡陋的景物，一時之間有些反應不過來，搞不清楚自己身在何處。

「對啊……我已經離開皇城了……」

他揉了揉眼睛從床上起身，看著從木頭的狹縫中透射進來的耀眼陽光，覺得這間簡陋的小木屋實在急需一幅窗簾，不然每天天剛亮便被陽光叫醒，實在太令人鬱悶了！

相較於被陽光叫醒這種小事，這間木屋到處都是狹縫，現在天氣倒還好，要是下雨了，豈不是會滲水得厲害嗎？

沈夜伸了個懶腰，決定一會兒要請教一下村民，該怎樣修繕木屋。畢竟他與喬恩會在這裡住一段時間，這樣下去實在不行。

少年伸展動作才做了一半，便因襲來的腰痠背痛而停止，伸出的手改爲不輕不重地敲打著腰背。

這裡簡樸的環境條件，對早已習慣皇城奢華生活的沈夜來說，實在是太差了點，數天下來，他仍無法習慣硬邦邦的木床，艱苦程度都快要比得上沈夜初來這個世界時，在魔獸森林裡躲避殺手追殺的那種生活了。

想到當時他與小皇子們不僅要在森林裡掙扎求生，還被刺客追著跑，全都是拜傑瑞米所賜；這次之所以以叛國賊這種不榮譽的身分逃出皇城，起因也是傑瑞米，這讓沈夜不得不感慨對方不愧爲大BOSS，就是與他這個主角的外援八字不合！

「喬恩，你覺不覺得小夜剛剛看我的眼神怪怪的？」傑瑞米與從木屋出來的沈夜道了聲「早安」後，便一臉奇怪地詢問在屋外揮動拳頭、練習招式的小黑。

小黑聽到傑瑞米的話，這才發現沈夜已經起床了。孩子立即丟下傑瑞米，精神滿滿地往少年跑去：「沈夜哥哥，早安！」

正用井水洗臉的沈夜才剛抬頭，便被迎面撲來的孩子抱住了腰，驟不及防下被撞得往後退了兩步，這才穩住：「喬恩，早安。」

緩步走來的傑瑞米正好看到沈夜差點被小黑撲倒的一幕，不禁笑道：「我說你不如也與喬恩一起鍛鍊吧。你看看喬恩，這幾天下來力氣變大了不少，這才像個男子漢嘛，像你這樣被人一推就倒可不行呢！」

「我就算了，你與喬恩練習就好。」沈夜低頭看了看小黑被曬黑了的小臉，再抬頭看了看還未到中午已經很毒辣的太陽，還是決定安安靜靜當個文弱書生就好。

同時少年還在心裡碎唸，他可愛乖巧的閨女，怎麼到傑瑞米的口中就成了男子漢呢？

雖然一直擔心小黑被傑瑞米訓練成肌肉女，可是沈夜一向很開明，並不是那種打著爲孩子好的旗號，抹殺孩子興趣的家長。經過觀察，沈夜看出小黑是眞的很喜歡傑瑞米的訓練，而且孩子並沒有因此疏懶原本的功課，即使現在生活條件差了點，每天的藥劑練習也沒有落下。

見小黑對練時被傑瑞米摔下，沈夜說不心疼是假的。只是孩子喜歡，而且多學點防身術也有好處，因此他決定默默地支持。

沈夜與小黑來到這村莊已經數天，他們漸漸融入這裡的生活。也許因爲小黑從小吃苦吃慣了，又或者孩子的適應能力本就比較好，不同於沈夜到現在躺木板床還會腰痠背痛，小黑倒是生活得如魚得水。

加上她這幾天與傑瑞米一起鍛鍊，不但食量大了，精神還明顯變好，原本白嫩的皮膚也曬成了小麥色，看起來更加健康。

相較於仍被村民時刻警戒著的沈夜，還是個孩子的小黑所獲得的對待友善得多。偶爾還有些喜歡孩子的村民，會熱情地給小黑一些零嘴及新鮮水果。

村民並沒有苛待沈夜，可是誰都不喜歡每天被人用防賊似的眼神盯著看，少年感受到村民不歡迎自己的態度，很識趣地沒有往他們面前湊，表現得非常老實，這幾天下來，雙方倒是相安無事。

雖然感到有些懋悶，可是沈夜能夠理解村民的態度。畢竟傑瑞米他們還是戴罪之身，現在村裡莫名其妙住進了兩個外人，他們會歡迎才奇怪。

其實村民的態度已比沈夜想像中友善多了，至少他們只是漠視他，並沒有惡言相向不是嗎？

相處了幾天，一些村民對沈夜的態度甚至已經開始軟化，這是一個好現象。畢竟沈夜本就有著一身令人想親近的親和力，性格也很討人喜歡，對誰都是眞誠有禮，很容易便能獲得他人好感。

爲免引起傑瑞米等人的懷疑，沈夜並沒有再與路卡他們聯絡。雖然離開皇城前與路卡及阿爾文鬧得不愉快，彼此都不喜歡對方的做法，可是當沈夜出事後，卻能從兩人的通訊中感受到他們對自己的擔憂。

後來的幾天裡，沈夜靜下獨處時總是在反省，也許他真的將事情想得太簡單了，這次會弄成這樣，歸根究柢也是他自身的疏忽。

雖然沈夜對路卡他們隱瞞自己這件事覺得不高興，可他不也隱瞞了傑瑞米的事嗎？

下次通訊時，還是好好向他們道歉吧？

「沈夜哥哥，你在想什麼？」沈夜被小黑喚回了注意力，這才發現自己想得入神，而傑瑞米卻也沒有出聲，在旁饒富趣味地觀察著他發呆的模樣。

這讓心中有鬼的沈夜忍不住心虛起來，心想傑瑞米應該沒發現到什麼吧？這樣盯著他看，應該只是覺得他發呆的模樣很有趣吧？

「沈夜，你吃早飯了沒？我這邊還剩下一些牛奶和麵包，一會兒讓喬恩拿過去給你吧。」

傑瑞米的話迅速轉移了沈夜的注意力。自從住進村子後，沈夜有很多事情得自力更生，能留下來都是傑瑞米幫忙的結果，村民都巴不得他們這些不穩定因子快些搬走呢，哪會幫忙照顧他？

何況沈夜有手有腳，又不像小黑是個孩子，即使別人願意幫忙，他也覺得不好意思。

幸好洗衣服什麼的雖然辛苦，但不用太多技術。沈夜並不是十指不沾陽春水的大少爺，身爲孤兒的他曾獨自生活一段不短時間，做家務可說得心應手得很。

每天沈夜都能分得一些食物，有時是雞蛋與野菜，偶爾會有點肉吃，在食物方面絕對沒有絲毫虧待，但無奈他的烹飪技能不足啊！

其實沈夜的廚藝還滿不錯的，可惜他至今仍然不習慣使用柴火炊煮，老是控制不好火勢，因此做出來的食物只能勉強下嚥。

自從來到這個世界後，沈夜特別想念地球高科技的廚具，可是這些都只能想想而已。因此一看到傑瑞米提供現成的食物，實在是不吃白不吃啊！

吃完早餐後，小黑便與沈夜分別，去找她在這裡認識的小玩伴一起玩耍，下午便回到小木屋進行她的藥劑研究。

傑瑞米他們選擇在這裡定居時，村莊附近所有潛藏的危險都被他們驚人的武力値清除了。雖然村莊位處於森林深處，但只要不離開村莊範圍，便不會有危險，加上村內婦女也會幫忙照料小黑，因此沈夜很放心讓小黑獨自留下。

至於沈夜，他這麼大的一個人實在不好意思在這裡白吃白住，因此每天都會找一些自己能力所及的事情幫忙。雖然很多事情他不懂，然而沈夜本就聰敏，學習時也很用心，就是體力方面弱了些。

加上對這些大多爲中年人的村民來說，沈夜還很年輕，都可以當他們的兒子了，對待他總是比較寬容。見原本養尊處優的少年這麼努力，雖然村民們沒有表現出來，但撇除其他考量，他們對沈夜的印象其實很不錯。

要不是這些村民現在處境艱難、不敢輕易相信外人，他們都要把這個乖巧努力的少年當晚輩疼了。

對於少年這肩不能挑、手不能提的單薄身材，眾人不敢讓他與其他村民一起外出狩獵，因此沈夜參與的都是老人與婦女的任務。

這幾天沈夜的工作是到村莊外圍採摘野菜，同行的都是村莊的婦女，沈夜這名少年混在女人堆中看起來特別顯眼。

一開始沈夜與他們出任務時，那些婦女都把他排擠在外，雖然一起行動，可是交談什麼的全都避著他，避免與他有任何不必要的接觸。

沈夜對於眾人的態度，雖覺得有點難受，但心裡可以理解。只見少年默默跟著隊伍行走，並未因大家的排擠表現出任何不滿，工作時還比眾人更加賣力。沈夜甚至還認出了一些她們不認識的可食用植物，令大家的菜單豐富了不少。

結果幾天下來，眾人對沈夜的態度變得友善多了。女人大多比較心軟，像沈夜這種乖巧的少年就更容易獲得年長女性的喜愛。

到了今日出任務時，有些婦人已會主動與少年打招呼，雖然仍不在沈夜面前多說話，但對他來說，這比前幾天的漠視好很多了。

辛勞了一個上午，中午時分眾人便返回村子吃午飯，休息之餘也好躲避頭頂炎熱的太陽。

然而一行人來到村口時，遠遠便見一名少女倒臥在地，動也不動、生死未知。

「露比！」其中一名婦人驚叫了聲後，一臉驚惶地往少女跑去。眾人見狀，也趕過去看看有沒有能幫得上忙的地方。

當沈夜來到暈倒少女身邊時，最先趕過去的婦人已跪坐在地，拍著少女的臉頰試圖將人喚醒。婦人心裡著急，就連竹簍內辛勞採摘回來的野菜撒落一地也不自知。

眾人擔憂地圍了上去，其中一名婦人好心為沈夜解惑：「倒在地上的女孩叫露比，旁邊的是她的母親泰麗莎。原本今天露比應該與我們同行，可是聽泰麗莎說露比身體不舒服，便讓她留在家裡休息，想不到竟然這麼嚴重。」

當眾人接近露比，立即便聞到空氣中瀰漫著一股異味。沈夜注意到少女旁邊的泥土上有些嘔吐物，只是顏色與泥土有點像，而且水分都被泥土吸收，要是沒有味道根本察覺不到。

此時露比雙目緊閉，臉色白得嚇人，並且渾身冷汗，身體還有些微微抽搐。沈夜一開始看到嘔吐物，以及少女那麼痛苦的模樣，嚇了一跳，心想這麼嚴重，搞不好是吃壞肚子了吧？

沈夜不是醫生，雖然知曉一些相關知識，但卻不懂得治病，因此不敢對少女的狀況多給什麼意見，只是提議道：「我們散開一些吧，不要圍著患者。」

一眾婦女都有些不知所措，聽到沈夜的話，便依言散了開來，給露比足夠的空間，少女此時正好悠悠轉醒：「媽媽？」

少女的聲音很微弱，簡直稱得上氣若游絲了，身爲現場唯一的男丁，沈夜將背上裝著野菜的竹簍交給其中一名婦人，上前道：「泰麗莎，妳家在哪裡？露比病了不宜吹風，我來揹她回去吧。」

泰麗莎感激地領路：「好，謝謝！走這邊。」

□

安置好露比後，沈夜便與泰麗莎道別，緩步往他居住的小木屋走去。不知爲何，沈夜心頭有股揮之不去的不安感，他總覺得露比的病並不是一般的腸胃炎這麼單純，少女蒼白的臉一直在腦中浮現，令他無法釋懷。

當沈夜打開大門時，便見小黑蹦蹦跳跳地迎了上來。

沈夜抱起孩子，有點奇怪地詢問：「小黑，妳不是約了朋友去玩嗎？」

小黑有點失落地癟了癟嘴：「湯姆病了，還傳染了另外兩個孩子，現在大人不許我們再聚在一起玩，免得傳染了別人，所以我只好回來了。」

沈夜心裡「咯噔」一聲，連忙問：「病了？是什麼病呢？」

「應該是吃壞肚子了吧？湯姆又嘔吐又拉肚子，另外兩個只有嘔吐。」小黑頓了頓，一臉奇怪地問：「不過吃壞肚子也會傳染別人嗎？」

沈夜解釋：「會唷，如果接觸到患者的糞便或嘔吐物的話……」

小黑聞言立即露出噁心的表情：「好髒啊！」

沈夜見狀，忍不住好笑地拍了拍孩子的頭：「我們要吃午餐了，你確定要繼續這個話題嗎？」

小黑嘟了嘟嘴，不滿地反駁：「明明是你挑起這話題的！」不過說完後倒是沒有繼續詢問。

兩人笑鬧著吃了一餐簡單的午飯，沈夜並沒有把自己心裡的憂慮告訴小黑。

除了接觸到患者的糞便或嘔吐物會染病，還有一個可能性，便是某些他們吃進口的東西受到污染。

就沈夜所知，現在村裡有這種病徵的人有三個孩子及露比共四人。沈夜沒有看過那三個孩子的情況所以不好下結論，可是光看露比患病時痛苦的模樣，以及這疾病的傳染性，沈夜實在對此有些憂慮。

傑瑞米帶走的人全都是願意爲了他而離開故土、忠誠無比的心腹，人數約有一個軍團之多；再加上這些人的家眷，這座正在搭建的村莊內足有數千人。數千人之中只有三人染病，這比例並不算高。可是如果他們眞是因爲吃了同樣的某些東西而染病，那麼便讓人有些擔心了。

不過現在沈夜並沒有任何憑據，而且他與村子的人不太熟，要是貿然說出他的猜測，便有些交淺言深了。

何況這裡的人還在防著他呢！要是無憑無據湊上前亂說話，被人認爲妖言惑眾就糟糕了。

希望一切只是他想多了吧……

可惜事與願違，晚上傑瑞米來訪，並向他們——準確來說是向小黑尋求協助。

「湯姆的狀況不太好，我想讓喬恩去看看他。」只是一天的時間，傑瑞米的神色便變得萎靡不少，顯然是爲那些病情急轉直下的患者操透了心。

沈夜已習慣這個男人無論任何情況都能撐起一片天般的強大，見他這副疲憊的模樣還眞有些不適應。

身爲外來者，沈夜所獲得的資訊並不多，但也知道到了下午，又陸續有一些人發病。而最先發病、年紀最小的湯姆，情況是眾多病患中最嚴重的一個。

雖然很同情那些患者，可是親疏有別，沈夜怎麼也不願意讓小黑去冒險：「喬恩只是個見習藥劑師，她過去也幫不上忙。」

傑瑞米知道沈夜說的有理，藥劑師雖然會煉製能治療傷痛的藥劑，可是卻不懂得治病，也不知道治療時該如何照護病人。何況聽沈夜說這孩子初學藥劑不久，眞的無法期待他能煉製出多麼有效的藥劑。

傑瑞米他們曾嘗試給湯姆喝下一些治病用的藥劑，但只能讓孩子好過一些，病情過了不久便再次轉重，根本無法徹底根治。

沈夜見傑瑞米明白過來，便順道提醒：「我曾經看過露比病發時的模樣，記得她渾身冷汗，聽說還有腹瀉和嘔吐，另外兩名孩子也是同樣狀況；也許多爲他們補充水分對病情能有幫助，畢竟他們的病徵都會讓身體缺水。另外這病可能有相當高的傳染性，建議先隔離病人比較保險。」

傑瑞米聞言，雙目一亮：「你懂醫？」

沈夜搖了搖頭。

傑瑞米嘴角勾起無奈的苦笑，知道自己是病急亂投醫了。他揉了揉小黑的腦袋，道了聲「明白了，謝謝」後，便匆匆離去。

小黑一直很喜歡傑瑞米，這幾天還與湯姆成爲了朋友一起玩。雖然明白沈夜是想保護自己，但孩子還是向沈夜要求：「我想去看看湯姆。」

沈夜嘆了口氣，知道不向小黑解釋清楚，這熊孩子今晚絕對睡不著了：「小黑，我懷疑湯姆患的是傳染病，例如霍亂之類的。」

「霍亂？」

「那是一種我家鄉的傳染病，患者會腹瀉及嘔吐，嚴重的話會因缺水而亡，很像湯姆他們的症狀對吧？不過又有些不同的地方，據我所知，霍亂大多出現在炎熱潮濕的夏季，可現在天氣逐漸轉涼，也許只是相似卻不一樣的疾病，畢竟這裡是異世……咳！總而言之，雖然狀況相似，但我也無法確定治療方法是否相同。」

說罷，沈夜安慰小黑道：「我不是不讓妳去探望朋友，可爲了避免被傳染，我們要先做些準備，可不能就這樣闖進去。現在天都黑了，我明天再帶妳去探望湯姆吧！」

小黑驚喜地反問：「眞的？你沒有騙我？」

沈夜失笑地拍了拍床鋪：「當然不騙妳。至於現在呢，是小孩子的睡覺時間囉。」

有了沈夜的保證，小黑也不鬧了，乖乖上床等著聽每晚沈夜爲她說的睡前小故事。

Chapter 3
疫情擴散

第二天一早，沈夜便帶著小黑去找傑瑞米，向對方備報他們想去探望湯姆。畢竟小黑與湯姆雖是朋友，但這只是小孩子之間的交情，加上沈夜在村莊的處境有些尷尬，直接到湯姆家拜訪便有些冒昧了。

當傑瑞米看到沈夜與小黑出現時的模樣，立即被這兩人怪異的樣子嚇了一跳，差點便想要拔劍相向了。

「沈夜、喬恩？你們怎麼弄成這副模樣？」傑瑞米看著這一大一小各用布遮著口鼻，實在搞不明白他們這樣做的目的……這是在玩什麼遊戲嗎？

難道這是某種新款式的面具？

一般舞會面具不是遮上半臉就是側半臉，傑瑞米還是第一次看到遮嘴巴的，還眞是挺有創意的……就是太醜了！

難道他只離開了大城市一段時日，便已完全與潮流脫節了嗎？

在傑瑞米怪異的目光下，沈夜拉下口罩，讓它掛在下巴位置好方便說話。他實在不太喜歡戴這種東西，覺得呼吸都變得不順暢了：「這是我自製的口罩，用來過濾空氣中的細菌……就是有害物質的意思。」這個世界上並沒有細菌一說，沈夜便用其他字詞代替。

這兩副口罩是沈夜親自縫製的，外貌實在稱不上好看，只是口罩外表這麼醜陋，它可不只傑瑞米表面看到的一塊摀住口鼻的布這麼簡單。

昨晚沈夜用舊布匹趕製了兩副口罩後，便讓小黑灑了一些消毒殺菌及除味的藥劑在上頭，讓口罩除了能阻擋有害氣體外，還能夠去除異味。沈夜回想發現露比時那嘔吐物的異味，實在不想再被那氣味噁心一次了。

傑瑞米對於口罩的功用不予置評，至於二人提出探望湯姆一事，男子嘆息了聲，並阻止他們說道：「你們有心了，可是今天還是不要去湯姆家，你們把我昨天的請求忘掉吧。湯姆的母親今天也染病了，我不能讓你們去冒險。另外今早村裡多了數十名染上同樣疾病的人，也不知到底是什麼病，傳染性竟然這麼高。」

沈夜心裡一驚：「一夜之間多了數十人染病？這傳染的速度也太快了！」

傑瑞米點了點頭，臉色變得很難看。

沈夜見對方凝重的神情，試探著詢問：「你們已經把病人隔離了嗎？」

男子沉默良久後，道：「已經隔離了。我雖然不想相信，但……這次的病情很像瘟疫。如果我的猜測沒錯，事情便嚴重了……」

這個世界雖然有強大的藥劑，可是並不是萬能的。大多數藥劑都是戰鬥時使用，用以治療外傷，讓人們恢復體力、魔力或鬥氣，可是在治療疾病方面的效用卻不算大。尤其在瘟疫面前，藥劑的治療效果更加無力。

在這裡，人們面對疾病時大多會尋求教廷的幫助。

瘟疫發生時，一般的做法是會隔離患者，請祭司在村莊裡進行各種祝福，而那些患病的病人……只能任由他們在隔離處自生自滅。待病者死後，祭司會以聖水淨化他們的屍體，並進行火化，以確保疾病不會再傳染開來。

只是傑瑞米他們不能、也不想仿效這種做法。一來，他們的存在並不能見光，根本無法尋求教廷的幫助；二來，這麼做，無異是把已經患病的人判了死刑。

這些人全都是陪伴他一起離開國家的同伴，傑瑞米感念他們的情誼，根本無法捨棄任何一人！

沈夜看著傑瑞米憔悴的模樣，不知該怎樣安慰他，只能把一切化爲一聲嘆息。

□

雖然傑瑞米迅速做出了處置，在瘟疫初期便將患者隔離起來，即使如此，患病的人仍是愈來愈多，不少自願進入隔離區照顧患病親人的村民，也開始一個個倒下。村子裡人心惶惶，可是卻沒有任何一人吵嚷著要離開，或者要求驅逐患者。

短短一天，患者數量便急遽增加，而最開始的病患則變得更是嚴重。尤其湯姆這些身體較弱的小孩子，要不是有小黑提供的藥劑維持性命，否則早就嚥氣了。

可小黑能夠幫忙的，就只有這些。雖然病患因藥劑的關係，病情還算穩定，但只要停止用藥，情況便立即嚴重起來。小黑提供的藥劑只能增強他們的體力以對抗疾病，並無法治好病。要是這些孩子繼續衰弱下去，總有天就連小黑的藥劑也無力回天。

沈夜在原世界生活的城市，像霍亂這類的瘟疫已絕跡了，不過拜強大的網路所賜，沈夜對霍亂的預防與治理還是有一定的認知，甚至在他的空間戒指裡，當年抄下來的各種資訊中也有些相關介紹。只是他不確定現在村裡肆虐的到底是不是他所想的傳染病，也不知治療方法在這裡實行起來有無問題。

沈夜很猶豫是否該教導這裡的人們對抗疫症，一來，他並不確定自己所知的方法是否適用；二來，他並沒有讓人信服的地方。

而最重要的一點，在這個世界並沒有治療與預防瘟疫的知識。沈夜的一連串做法在這裡並沒有先例，成功的話更稱得上是驚世駭俗，屆時他該怎麼向傑瑞米解釋這些知識從何而來？

在這個世界，瘟疫是致命的，要是有了治理方法，早就傳開了，除非沈夜正是那個發明方法的人……

傑瑞米這人看起來大剌剌的，其實非常細心，也足夠敏銳。沈夜相信只要他站出來解決了這次的事，對方一定會對他的身分產生懷疑！

沈夜甚至覺得，其實傑瑞米從來沒有相信過他，只是沒有表露出來。這男人一直按捺著，就是想尋找出他的破綻，進而挖掘出他眞正的身分，以及混入自己身邊的目的。

沈夜從沒想過能夠一直瞞著對方，只是打算拖延一段時間，直至他的保命符來到後，自然便會找個機會與傑瑞米攤牌。

也許在路卡他們看來，沈夜帶著喬恩主動往傑瑞米面前湊，實在是個有勇無謀、蠢得不行的決定，可其實沈夜這麼做是有他的目的，也是他保命的法子。

沈夜知道傑瑞米之所以揹負著「叛國罪」，主要是他曾聯合歐內特斯帝國刺殺皇儲一事，至於其他像是出賣國家布防位置之類的，沈夜是一個字也不信！

這個男人有著很大的野心沒錯，但即使他爲了皇位聯合敵國刺殺路卡與阿爾文，這人還是有他的底線。

多年在邊境浴血奮戰的傑瑞米，有不少兄弟死在歐內特斯帝國的士兵手上，他又怎會眞心爲歐內特斯帝國辦事？根據沈夜對這個「角色」人設的了解，這男人不假裝與歐內特斯帝國結盟、挖一個坑讓人家跳就已經很不錯了。

路卡他們得到的罪證，說不定是歐內特斯帝國故意放出來的，不然以賽婭一個留學生，又怎能輕易獲得這些資料呢？恐怕當時即使阿爾文他們沒有去接應，巴德也會找個機會讓賽婭成功逃走。

證據便是傑瑞米離開國家後，根本沒有投靠歐內特斯帝國，反而躲在邊境的蓋爾森林裡建村。何況，傑瑞米若眞與歐內特斯帝國結盟，他那些同樣在邊境保護國家多年的部下絕對不能忍受，更別說跟著一起離開了。

沈夜對傑瑞米這個人的感覺很複雜。他是個保家衛國的英雄，同時卻又是個野心家，而且還想要殺死路卡與阿爾文……

原本沈夜已做好了必要時與傑瑞米不死不休的覺悟，然而在綁架事件後，當賈瑞德詢問他想要什麼補償時，沈夜卻靈光一閃，選擇了血石。

也許換個方向想，他並不須要與傑瑞米對著幹。即使傑瑞米是書裡的大BOSS，可有了沈夜這個變數出現以後，這男人的命運也不再相同。或許沈夜可以嘗試招攬他，把傑瑞米變成路卡他們的一大助力！

當年被人民譽爲「不敗戰神」的傑瑞米，可是把歐內特斯帝國的士兵打得哭爹叫娘的！

何況對於讓惡角改邪歸正這項業務，沈夜已經非常熟練了。伊凡與喬恩就是成功的好例子，怎麼就不能把傑瑞米這個走歪的角色也拉回正途呢？

因此現在絕不是與傑瑞米攤牌的好時機，要是沈夜出手抗治了瘟疫，間接暴露了身分，那麼當傑瑞米質問他的目的時，難道要說目的就是傑瑞米你嗎!?

這毫無疑問是找死的節奏啊！

沈夜苦惱著到底該不該插手這次的事，便有些忽略了小黑。直至晚上例行的故事時間，沈夜這才發現小黑一整天都沒有再說要去探望湯姆了。

這孩子素來很有主見，而且相較於喬恩的乖巧，小黑對於想要的事總是特別執著，有股不到黃河心不死的拚勁。

可是這次她卻只有在一開始吵嚷著要去探望，當傑瑞米回絕後，這孩子便再也沒有吵鬧，乖巧得像是換了芯子。

難道小黑……是在顧忌近期忙碌得焦頭爛額的傑瑞米，所以變得乖巧了嗎？

想不到平常任性得不得了的小黑，也有如此體貼的時候，沈夜在欣慰之餘，心裡卻不禁有些吃味。

自家女兒對別的男人這麼體貼，怎麼想都覺得很不爽耶！

如果不是傑瑞米年長小黑這麼多，沈夜眞怕自己可愛的女兒要被傑瑞米這匹狼叼去了！

不……雖然比較少見，可是父女戀也不是沒有。

想一想傑瑞米與喬恩的年紀，再想到這個世界的人比較早婚，也許這種狀況下應該說是……爺孫戀？

怎麼這樣重口味啊!?

沈夜被自己的腦洞嚇到，露出一副吃了蟑螂般的表情，猶豫半晌後還是決定要探聽一下小黑的想法。要是孩子真有什麼離經叛道的跡象，沈夜一定要把它扼殺在搖籃裡！

「小黑啊，妳怎麼不再吵著要去探望湯姆了？妳已經不想去了嗎？」沈夜從湯姆開始聊起，並沒有直接提及傑瑞米，就怕小黑原本沒有這種心思，反而因他的話對傑瑞米起了興趣，那沈夜眞的哭也沒處哭去。

小黑聽到沈夜的話，一臉鄙視對方智商地說道：「不是你不想讓我去的嗎？」孩子的表情，明顯覺得剛剛沈夜的話是個令人不忍聽聞的蠢問題。

沈夜聞言，被小黑氣得牙癢癢之餘，又有些訝異。他原本以爲小黑是不想打擾近期忙得要死的傑瑞米，因此才打消了探望朋友的念頭。可是現在看來，竟是因爲小黑察覺到他的爲難？

小黑撇了撇嘴，隨即一臉驕傲地說道：「我可擅長察言觀色了，不然也無法在貧民區活下來。自從湯姆病了以後，沈夜哥哥你便一副憂心忡忡的模樣，你以爲我沒有察覺到嗎？」

沈夜見小黑那雙蜜色眸子亮晶晶的，似乎想獲得讚美，不禁露出一個今天最爲輕鬆的笑容，讚道：「小黑好厲害！」

小黑高傲地「哼」了聲，然而雙目卻在獲得沈夜的讚美後變得更明亮了。

沈夜暗暗好笑，只覺得心裡的煩惱都消失了。難怪養小孩的人總是對孩子們又愛又恨，孩子搗蛋起來像個小惡魔，然而貼心的時候卻能令人心都要融化。

沈夜是個常常稱讚孩子的人，這讓小黑特別有成就感。小黑如願獲得沈夜的稱讚後，仰起腦袋說道：「我可厲害了，所以你有什麼苦惱都可以告訴我，我想辦法幫忙解決。」

說罷，主動要求幫忙的小黑忍不住有些害羞，又再掩飾地「哼」了聲，露出不

屑的表情。

都是因為沈夜哥哥太笨，有事情都不知道和我商量，才害我主動出口詢問……人家才不是擔心他呢！

沈夜看著傲嬌模式全開、要是不順毛摸的話定必會炸毛的小黑，心裡的小人都笑得打滾了：「對對！我家小黑最厲害了。都是我不好，有事情竟然不向小黑求助。」

小黑聞言尾巴都快翹上天了，只見孩子硬是壓著笑意，用著「孺子可教」的表情睨了沈夜一眼：「所以你到底在擔心什麼呢？」

沈夜再次想起自己困擾著的問題，不禁苦起了臉。原本沒有告訴小黑，是想著對方只是個小孩子；孩子只要無憂無慮地成長就好，沈夜覺得自己好歹年紀比她大，有什麼問題也應該由自己頂著。

然而仔細一想，小黑本就不是尋常孩子，她從小便在貧民區那種吃人不吐骨的地方掙扎求存，要說到各種陰謀手段，也許沈夜還不如她。

何況這孩子素來有主見，他自個兒在苦惱著，並不和她分享心裡的煩惱，說不定小黑早已心生不滿，覺得他不把她當自己人呢！

想到這裡，沈夜便不再隱瞞小黑，也不管孩子到底懂不懂其中的利弊權衡，一股腦兒把心裡想法告訴她。

沈夜唯一沒有告訴小黑的是，這些村民之所以會染上瘟疫，其實與他也有些關係。

因爲當年沈夜的出現，改變了兩名小皇子的命運，因此傑瑞米這才早早因「叛國」的罪名而離開，不然依照小說劇情，傑瑞米現在還在皇城與阿爾文鬥得不亦樂乎呢！

如果傑瑞米沒有揹負叛國的罪名，那他的部下及其親屬也不用隨同傑瑞米一起逃離國家，來到這座邊境森林建立村莊，從而染上瘟疫了。

當然，沈夜並不認爲他應該對此負責。傑瑞米想要傷害他重要的人，而沈夜則盡全力保護他們，當中的各種爭鬥說不上誰對誰錯，只是看到那些村民受苦，裡面甚至有不少是弱小的孩子與老人，沈夜便覺得特別五味雜陳。

「所以沈夜哥哥這兩天之所以如此煩惱，是在苦惱該不該教導傑瑞米他們防治瘟疫的方法嗎？」

沈夜嘆道：「就是啊！我實在不想見死不救，只是這裡的人本就在懷疑我們的身分，公開醫治方法後，勢必更懷疑我們的來歷，到時候，只怕不與傑瑞米攤牌是不行了。即使這裡的人再怎麼感激，但他們一定不會允許我們這不穩定因子留在村裡。輕則便是趕我們走，要是狠一點……我們也許會有性命危險。」

後者也是沈夜最擔心的事，傑瑞米絕不是心慈手軟之輩，而他的下屬也不是。爲了守護、爲了自保，甚至爲了自己的野心，死在他們劍下的亡靈並不在少數。

「那就不要理會好了。」小黑以超乎年紀的冷酷說道：「我很喜歡和湯姆玩耍，他是我的朋友。可是相較於湯姆，沈夜哥哥更加重要。」

沈夜聞言愣了愣，心裡生起一股酸澀的情緒。小黑如此乾脆地放棄朋友的性命，沈夜本應教訓她的，然而原因卻是因爲在乎自己，這讓他想要責備的話無論如何都說不出口。

同時，沈夜亦對小黑的冷酷而心痛。也許這孩子因曾有過不少須要捨割的痛苦抉擇，使她早已經變得麻木，因此相較於沈夜的猶豫，小黑反而更加決絕。

小黑見沈夜皺起了眉頭，沒有順著自己的話而選擇袖手旁觀，她一副老成持重的模樣嘆了口氣：「沈夜哥哥眞是個容易心軟的人。」

孩子迎上少年訝異的視線，笑道：「可是正因爲這樣的沈夜哥哥，我才喜歡。只要是沈夜哥哥你的決定，我都會支持喔！」

Chapter 4
治療

最終沈夜還是無法違背自己的良知，告訴了傑瑞米防治疫情的方法。雖然他並不確定這種方法是否能夠治療異世界的疾病，只是現在情況已刻不容緩，即使心裡有再多疑慮，要是想要拯救那些病患，也只能死馬當活馬醫了。

如果事情解決後傑瑞米真翻臉不認人，那他利用信仰之力返回皇城就好。

其實沈夜心底一直相信著路卡與阿爾文，他堅信這次的誤會只是暫時的，他們定能夠為他昭雪。只是沈夜並不是那種躲在別人背後，讓對方出力而自己什麼都不做的人；再加上那時他鑽了牛角尖、心裡對路卡他們有些怨氣，差點被暗殺也讓他嚇到，結果便不管不顧地逃出來自己想辦法。

可是離開了皇城後，沈夜卻不得不承認，他之所以能如此有底氣，是因為有路卡與阿爾文作為他的後盾。如果連這兩人都不再信任他，那麼他會完全失去了前進的勇氣吧？

所幸他們雖有過爭執，可是想要珍惜對方的心情卻是不變的。

當沈夜告知傑瑞米，他有一些防治瘟疫的方法可以一試時，傑瑞米非常驚喜，可很快地，這狂喜便成了懷疑。

看著傑瑞米猜疑的目光，沈夜不禁暗自苦笑，卻沒有退縮，而是仰首看著他。

傑瑞米迎上少年的眼眸，只覺對方眼神非常堅定，而且充滿善意。雖然他很希望相信沈夜，可是事關重大，不得不小心謹慎：「你有把握嗎？」

沈夜想了想，決定說出比較保守的答案：「七成吧。」

雖然在沈夜心中，七成的成功率已經很保守了。畢竟現在病人的病徵與霍亂非常相似，即使是另一種相似的疾病，但治療方法應該大同小異。何況這個世界還有神奇的藥劑，有喬恩幫忙，沈夜大大提升抗治疫症的信心。

可是這個在沈夜眼中很保守的數字，在這個世界裡卻是非常驚人的。以往染上瘟疫的人，哪個不是被隔離等死？傑瑞米本決定要是沈夜說出四成把握，他便會選擇一試，然而對方卻說出七成這個驚人數字，他頓時雙目一亮，既感到驚喜，卻又有些無法置信。

「不過事先聲明，如果讓我幫忙救治，你要先說服眾人無條件服從我的命令。畢竟面對疫情分秒必爭，而且我有些處理方式在你們眼中也許會匪夷所思。」沈夜決定先小人後君子，那些村民待他的態度大都疏離冷淡，他可不希望措施還未推行，便要先受到眾人重重的阻攔與猜忌。

傑瑞米也是個有魄力之人，既然有了決斷便不會猶豫：「好！這包在我身上。如果你真的能夠救大家，我們所有人都會銘記你的恩情！」

獲得傑瑞米的允諾後，沈夜便列出一連串防疫措施，例如水一定要徹底加熱才能飲用，接觸患者時要配戴口罩；病人的嘔吐物與排泄物必須深埋在地下，並且用喬恩提供的藥水消毒。

事實證明沈夜的擔心是有道理的，當村民聽到這些措施時，雖然覺得很麻煩，也對其中的一些動作感到莫名其妙，卻還是能夠接受。然而當沈夜談及醫治病人的方法時，卻引起了村民強烈排斥。

「什麼⁉要直接把藥劑打進人體裡？」

「你要病患喝鹽水就算了，把水打進身體裡……這真的在治療嗎？」

「從沒聽過這種方法，也不知道他有什麼居心……」

病患家屬本就因擔心家人的狀況，精神正處於緊繃狀態。沈夜那匪夷所思的提議，頓時引起他們的強烈反對，無限放大對少年的不信任。

沈夜試圖向眾人解釋：「那不是普通的鹽水，是喬恩在我的建議下，特別為病患調配的口服補液鹽溶液。另外用針筒把藥劑打入血管裡，這只是很普通的靜脈注射，是沒有危險的……」

可惜無論沈夜再怎麼解釋村民都不聽，即使有傑瑞米為沈夜護航，仍無法讓他們的態度軟化下來。

這些人是傑瑞米的支持者沒錯，即使傑瑞米要求他們赴死，這些人也會二話不說照著去做。

可是現在在村民眼中，傑瑞米處於被沈夜迷惑的不理智狀態；而他們拒絕沈夜並不是挑戰傑瑞米的權威，是不讓那個可疑的少年繼續胡說八道，用行動讓傑瑞米清醒過來！

當主人走錯了路，順著主人的步伐走是愚忠，阻止主人繼續錯下去才是他們應該要做的事！

於是，村民們與沈夜對著幹的決心便更加堅定了。

被打上「媚惑主上」標籤的沈夜：「……」

傑瑞米完全拿那些村民沒轍，而且很快便發現到自己愈是爲沈夜說話，村民們便對少年的提議愈是抗拒。村民那副要把主子拉回正確道路的氣勢來勢洶洶，於是傑瑞米只得閉上嘴巴讓沈夜自行解決，反正他無論怎麼說，村民也不會聽，反而還有些扯沈夜的後腿……

沈夜無奈地看著眼前這些固執的病患家屬，一時不知該怎麼辦。本以爲有了傑瑞米的支持，事情便能順利進行，可是現在那些村民根本就不聽傑瑞米的話，沈夜卻又拿不出有力證據來說服他們。

就在沈夜一籌莫展之際，一旁的小黑發話了：「靜脈注射所需的藥液是由我調配的，我肯定即使無法治療，也不會對人體造成傷害。另外，我一直給病人服用、增強體力的藥劑也消耗得差不多了，要是你們不接受沈夜哥哥的安排，那麼病人停藥後便只能等死。」

聽到小黑的話，那些病患家屬沉默了。他們對小黑的防備心沒有沈夜那麼重，也比較願意照顧這孩子，因此對小黑還有幾分熟悉與信任；何況自從村裡發生瘟疫後，病人全靠著孩子的藥劑才能堅持至今。藥劑非常珍貴，這幾天他們已虛耗很可觀的數量了，可是小黑卻完全沒說什麼，他們都把這恩情記在心裡，對小黑非常感激。

相較於沈夜，他們更願意相信喬恩。雖然對方只是個孩子，可是人家怎麼說也是個藥劑師啊！雖說懂得煉製藥劑並不代表懂醫術，可總比他們這些人強吧？

而且最重要的還有現實考量，用來維持病患性命的藥劑快要用光了！

這個現實讓這些人只能夠妥協，沈夜的方法看似古怪，但至少也是一個希望。要是他們什麼事情也不做，那些病人只能等死了。

病患親屬中，一名男子越群而出，先是有些猶豫地看了看沈夜，隨即乾巴巴地說道：「喬恩，你現在給患者用的藥劑需要什麼材料？我們可以去找。」

言下之意，便是不相信沈夜提出的治療方法，寧可讓病人服藥劑續命。

小黑毫不客氣地指出男子的想法根本不現實：「這座森林根本無法找齊所有材料，即使你們找得到，現在患病的人愈來愈多，我煉製的速度也無法趕得上病人虛耗藥劑的數量。」

眾人聞言都沉默了，良久，其中一名親屬道：「你們說的那個注射的方法……就讓露比試試吧！」

沈夜循聲看去，便見說話的人他也認識，正是那名昏倒少女露比的母親，泰麗莎。

□

這裡的人們都是傑瑞米的下屬及其親人，因此青壯男丁都是軍人，其他的人有些家裡經商，有些是鐵匠、農民、廚師……而泰麗莎，雖然這個女人看起來只是個和善的農村婦人，但其實家裡經商的她非常精明，從小識字懂記帳，是個有學識、有主見的女性。

泰麗莎十分清楚，就算喬恩還有藥劑能給露比服用，可是露比從小體弱，又是首批感染的人，恐怕也仍是支撐不了多久，倒不如試試沈夜的提議，也許還有一線生機。

自從沈夜在村莊住下後，泰麗莎便經常與這個少年一起外出勞務。雖然因為村莊裡對外人的戒備，以致雙方至今仍不熟悉，可是這次泰麗莎能看出沈夜是眞心想幫助他們，至少對方的提議應該沒有惡意。

露比昏倒那次，沈夜毫不猶豫向她伸出援手，後來那個叫喬恩的孩子還把珍貴的藥劑給露比服用，這些泰麗莎都記在心裡。反正現在已經無計可施，她決定選擇相信沈夜與喬恩，相信這兩個外來者能夠帶來奇蹟。

泰麗莎的丈夫以薩是個老實人，家裡大小事情素來交由精明的泰麗莎決定，而他一直很敬重這位有主見的妻子；他聽到妻子的決定後，想了想，也表達出支持的態度。其他村民雖然仍覺得這方法太危險，可是病人的父母都答允了，他們也就不再多說什麼。

眾人也很好奇沈夜的方法是否管用，尤其那些患者及親屬，更是急切想知道這方法是否可行。可惜沈夜治療時不允許旁人觀看，一來防止感染，二來也以免阻礙了治療過程。

因此這次治療，除了沈夜與患者露比，就只有喬恩、傑瑞米、泰麗莎與以薩在場。

也算是這裡的人們命不該絕，少年正巧在不久前與喬恩一起改進各種醫療與研究用具，其中靜脈注射所需的工具，空間戒指裡就有不少存貨，不然沈夜空有知識，沒有用具也是枉然。

沈夜看著桌子上的各種用具，深吸一口氣，努力讓自己表現出胸有成竹的模樣。其實這也怪不得他，雖然他在電影和網路上看過不少次靜脈注射的過程，也還曾因過敏住院，讓醫護人員注射過。

可是身爲一個從沒受過相關訓練的人，親自動手施針他完全沒有信心啊！

可現在沈夜只能硬著頭皮上了，反正這裡的人對靜脈注射完全沒有概念，即使他一時之間扎不準血管，應該也……沒有關係吧？

幸好之前抄下的各種資料中，有著靜脈注射的方法與注意事項。在還未決定出手幫忙的這兩天，沈夜便已一直溫習著相關知識直至滾瓜爛熟，昨晚還用輸液的軟管練習了一整晚，心裡才比較有底。

即使如此，實際施行時，沈夜還是覺得壓力很大。

結果沈夜在眾人注視下，光是找血管就找了快十五分鐘，然後很心虛地拿著針在露比的手上扎了又扎。當終於成功回血時，少年都快激動得哭了。

沈夜看到回血後，連忙依照資料上所寫的，把針壓平一點，並將針推進去。這部分沈夜竟然如有神助般一氣呵成地完成了，並沒有出現血管破裂的狀況。

整個過程不但非常耗時，而且因爲無數次的失敗，露比手臂被扎出了幾處瘀青，有一小段血管還被他弄得黑青、硬硬的，也不知多久才能恢復。

這稱得上恐怖的扎針手法，要是發生在沈夜故鄉，負責施針的醫護人員一定會被病人投訴。可是在這裡，眾人看到沈夜所說的話竟然眞的能夠實現，藥物的確經由軟管緩慢地流入少女身體後，都驚呆了！

泰麗莎與以薩更是對沈夜信心大增，看著少年的眼神都像在看救世主了。

這令把露比折騰得不得了的沈夜心虛萬分，可是爲了讓其他村民信服，他又不能向他們坦承自己的過失，只得裝作坦然地接受著他們的感謝與讚譽。

這次試驗很成功，輸液後露比病情明顯好轉，雖然不至於立即痊癒，可至少病情減輕了不少，光看外表，少女先前眼窩凹陷、皮膚缺乏彈性，手腳還出現一些皺紋，這些徵狀都在輸液後明顯消退不少，整個人簡直變了副模樣。

這次的成功，喬恩也有很大的功勞。這個世界的科學水平雖然被地球甩開老遠，可是各種不可思議的力量卻是地球所沒有的。藥劑師利用精神力所煉製的藥劑，要是在地球上，絕對是令人趨之若鶩的神藥。

再加上沈夜成功進行了輸液，讓患者身體迅速、充分吸收到足夠的藥力與水分。即使處理手法稱不上專業，甚至至今仍不確定對方患上的到底是什麼疾病，但還是非常順利地控制住露比的病情。

這一晚，所有人都關心著露比的狀況，不少看到露比病情有了改善的病人及親屬，原本堅決拒絕輸液的心都開始動搖了。

可是這些人在不久前才剛責罵了沈夜居心不良，對他的要求更是嗤之以鼻，現在去請求少年幫忙，他們一時之間真開不了這個口啊！

沈夜也看出這些人的心已開始鬆動，可是他們不主動請求，沈夜是絕不會再次主動提出為病人輸液。

並不是沈夜小家子氣、對他們的不信任懷恨在心，而是少年現在急須取得說話權，才能在接下來更加順利地爲他們治療。現在，正是他樹立威信的好時機！

結果在眾多病患之中，情況最爲糟糕的湯姆的父親急了，他不想繼續看到兒子受苦，再加上露比輸液後並沒有發生危險，面對親人的安危，面子便變得不那麼重要。因此湯姆的父親下了決心後，厚著臉皮來到了沈夜面前，請求少年爲他兒子治療。

原本湯姆的父親已做好會被沈夜多番爲難的心理準備，畢竟當初他們如此看不起少年，對方想要找回場子也是正常的。想不到沈夜卻沒有如想像般，藉機奚落他一番，反而一口應允了他的請求。

湯姆的父親看著盡心盡力爲兒子治療的沈夜，又是感激、又是羞愧；當初沈夜提出輸液這個方法時，他也是反對的其中一員，而且說的話還頗難聽。

這幾天不僅兒子病了，妻子也相繼病倒，他承受了不少壓力，於是沈夜便成爲自己出氣的靶子，把所有的不安化成憤怒發洩在這個無辜的少年身上。

可沈夜不僅沒有記恨，還不計前嫌地爲他兒子治病，光是衝著這份恩情，無論湯姆能不能被治好，他都會感恩在心。

湯姆的父親開口後，原本沉默的局面終於被打破，那些還遲疑著的人終於決定放下面子，紛紛向沈夜提出治療的請求。

原先眾人避之唯恐不及的治療方法，現在卻成了每個病人的期盼。可惜沈夜用來輸液的用具都只是實驗性質，空間戒指的存貨終究有限，給了露比與湯姆，以及幾名病情較嚴重的患者使用後，其他人只能等了！

得知輸液工具須要排隊等候後，不少人都懊惱著自己為什麼不一開始就相信少年，雖然現在喬恩的藥劑仍有存量，病人的性命並沒有危險，可卻難免要多受些罪。

那些在等候輸液的病人後悔得不得了，有這麼好的事情，先前為什麼不哭喊著爭取，反把機會往外推呢？不見最先接受治療的露比，現在精神已經好多了嗎？

幸好沈夜還有幾管針筒可以為病人進行靜脈注射，雖然效果不及輸液那麼好，可是這裡不少病患是身具鬥氣的練武之人，體能與恢復力本就驚人；何況喬恩的藥劑效果非常好，即使不用輸液，沈夜還是治好了不少病人，同時靜脈注射的技巧也有了飛躍的長進。

沈夜本就膽大心細，很有這方面的天賦，經過多次實戰練手後，現在少年注射時已經很少失手了。

即使偶爾失手，對靜脈注射完全沒概念的病患也看不出來，只對沈夜這驚人的技巧感到驚歎萬分。

而在努力治療村民的同時，探尋感染源的隊伍也有了發現。

村莊裡有處位置較偏遠的水井，平常村民較少在那邊打水。根據調查，最先發病的患者們這幾天都有到那座水井打水，而且沒有煮沸便直接飲用。

因此調查小隊認為那水井很可能便是疾病散布的源頭，於是便從水井取了些井水作為樣本，經小黑化驗後，證實的確已受到污染。

找到了病源，眾人立即封了那口被污染的水井，另外各種預防措拖也有條不紊地進行著。過了不久，村莊便沒有再出現新的患者，患病的人也逐漸康復，籠罩在村莊上的瘟疫陰霾終於消散，村莊裡的人們開始再次展露出笑顏。

而這一切，沈夜與小黑絕對功不可沒。

沈夜藉著這次事件迅速在村莊裡樹立了威望。雖然少年這些抵抗瘟疫的特別手段，使村民對他與喬恩的身分更加懷疑，可是才剛被對方救了性命，他們也無法對沈夜繼續冷臉相待。

即使心裡依然充滿懷疑，但他們面對少年時的態度有了一百八十度轉變，也釋出應有的感激與尊重。相較於沈夜初來村莊時的情況，絕對是一個天上、一個地下的對比了。

當最後一名病患被治好後，村莊舉行了一個盛大的慶典，眾人興奮地聚首慶祝了一番；沈夜與喬恩身為這次的大功臣，自然成為慶典的主角。

當晚活動結束後，喝了不少酒、眼神卻非常清醒的傑瑞米，提出想私下與沈夜好好談談的邀請。

沈夜心頭緊張地「怦怦」亂跳了起來，看著男子肅穆的表情，心想：卸磨殺驢的時候到了嗎？

Chapter 5
豬隊友

小孩子的身體禁不起累，玩了整個晚上，小黑已累得連眼都睜不開了。如果是在平時，心疼孩子的沈夜必定會先讓小黑回到小屋裡休息。

可現在看傑瑞米一副要和他攤牌的模樣，這種時候沈夜可不敢讓喬恩獨自留下，必須得讓孩子待在身邊才行。至少眞發生什麼事情時，他可以利用自己的能力立即帶著喬恩離開。

傑瑞米雖然一直很照顧他們，可其實沈夜至今仍弄不清楚這個男人的心思，實在預計不到他會怎麼處置他們。

畢竟，因爲皇位，以及一直隱藏在心裡的陰霾，這個男人可以向尙且年幼的路卡與阿爾文下手，這說明他絕不會因對方是個孩子而心慈手軟。

正所謂小心無大錯，沈夜無論如何都不敢讓小黑離開他身邊。

沈夜他們跟隨傑瑞米來到了他居住的木屋，傑瑞米見小黑那副睜不開眼睛的模樣，於是建議：「先讓喬恩到我的房間休息吧。」

聽到自己的名字，一直在半睡半醒打瞌睡的小黑努力睜開眼睛，道：「我要與沈夜哥哥在一起。」說罷，孩子揉著眼睛，強裝出一副很清醒的模樣，可是那頻頻打著呵欠的樣子卻出賣了她。

傑瑞米語帶雙關地揶揄：「你還眞的一秒也不願意離開你的沈夜哥哥呢，之前也不見你那麼黏他啊？」

沈夜覺得傑瑞米這番話是故意說給他聽的，這人顯然是看出他們的舉動不尋常，甚至猜到他身上也許有什麼保命的手段，這才讓小黑寸步不離地跟著他。

可是這又怎樣呢，有些事是怎麼也無法逃避的，事已至此，與其在傑瑞米的唬嚇下惶惶不可終日，沈夜寧可選擇坦然面對。

直接面對危險，不逃避、不自欺，這種勇氣沈夜還是有的。

傑瑞米看著沈夜充滿堅定與覺悟的眼神，彷彿看到什麼有趣的東西般輕笑起來。男子充滿磁性的嗓音略微低沉，笑聲就如同大提琴所奏出的優雅音樂。

有些人的魅力並不會因年歲而消退，反而還沉澱出不一樣的味道。就像傑偳米，明明已經不年輕了，可是這個帥大叔的魅力卻完全不遜於年輕人。

在沈夜忿忿不平地腹議著世界的不公平，並對這種高素質美男子生出既生瑜何生亮的悲哀時，傑瑞米那張沈夜十分羨慕的俊臉突然往前湊，道：「你的眼睛眞美，可惜卻染上了虛假的色彩，要是露出原本的顏色，一定會像黑夜般迷人吧？」

被傑瑞米突然放大的臉嚇了一跳，沈夜下意識退後了一步，然而在反應過來對方說了什麼後，頓時睁大雙目，整個人被嚇得僵直不動。

他知道了？知道我是那個有黑髮黑眸的少年賢者！

爲什麼？他爲什麼會猜到我的身分!?

馬甲掉得太突然，我完全不知道該怎樣回答啊！我裝傻的話對方會相信嗎？

沈夜腦中閃過眾多想法，因突如其來的驚嚇而方寸大亂。

雖然他猜到傑瑞米會對他們的身分有所懷疑，可是卻完全沒想到對方竟這麼快就識破他的僞裝！

沈夜當上賢者時，傑瑞米明明已經叛逃離開了艾爾頓帝國，他與傑瑞米之前從未有過任何接觸，對方到底是怎麼猜出他身分的啊？

被懷疑身分，以及被猜出是賢者是完全不同的概念。沈夜現在只覺自己與喬恩的小命危在旦夕，幾乎忍不住要用信仰之力逃跑了！

見沈夜就像隻炸毛的貓咪，就連小黑也是被嚇得瞬間清醒過來，傑瑞米的惡趣味獲得了大大的滿足，他再次低聲地笑了幾聲。

原本覺得很動聽的笑聲，此刻聽在沈夜耳中卻變成了惡魔級的「嘿嘿嘿」奸笑聲。

沈夜抱起小黑「登登登」地往後退，同樣棕髮蜜色眼眸的一大一小滿臉驚慄，看起來意外地可愛，令傑瑞米更想捉弄他們。

傑瑞米的確如同沈夜猜測般，預料到少年身上有一些不爲人知的保命手段，才敢帶著喬恩混入村莊裡，不過男子並不認爲在自己面前，對方能弄出什麼花樣。可是兔子急了也會咬人，現在還不到與對方撕破臉的時候，傑瑞米並不想嚇得他們狗急跳牆，因此只能遺憾地收起了想要繼續恐嚇對方的惡劣心思。

沈夜臉色變化了好一會兒，最終咬牙道：「我不知道你在說什麼。」少年決定死不承認就對了，萬一傑瑞米只是詐他，他傻傻地承認豈不是蠢斃了？

可惜傑瑞米既然決定與少年攤牌，自然不會允許他縮回殼裡。男子臉上泛起惡劣的笑容，道：「是嗎？你不承認也沒關係，其實要證實你是不是賢者大人非常簡單，我只要讓人把你送往艾爾頓帝國……」

沈夜聞言狠狠瞪了傑瑞米一眼，心想：你也是個叛國罪犯啊！我們兩人根本就是半斤八兩，還好意思說要把我送回艾爾頓帝國？說大話也不怕被風閃了舌頭，有本事你就跟我一起回國啊！

不過沈夜冷靜想想，傑瑞米與他的部下是不能回去沒錯，可是那些士兵的親屬卻未必有被帝國記錄在案，反而他這個賢者在國內可謂人人知曉。

想到這裡，沈夜立即收起那凶狠的小眼神，不敢再挑釁傑瑞米了。

大家的罪名同樣是叛國者，相煎何太急，你又何必與我過不去呢？

見原本像小動物一樣齜牙咧齒的沈夜蔫了，傑瑞米心裡暗暗好笑，道：「請別擔心，只要你們沒對我們懷有惡意，光是衝著你們治好了瘟疫的恩情，我也不會對你們出手的。」

說罷，傑瑞米斂起了笑容，嚴肅地說道：「那麼，賢者大人你可以告訴我，爲什麼身爲一國賢者，你會帶著喬恩這麼個小孩出現在如此僻遠的蓋爾森林嗎？與阿爾文相熟的你應該能認出我的身分，那麼，你故意留在這裡，是想從我身上獲得什麼嗎？」

沈夜不知道爲什麼傑瑞米會把他的身分往賢者方向想去，也許是對方在艾爾頓帝國還留有人脈，經常爲他傳遞帝國的消息；又或者是當他來到村莊後，傑瑞米讓人特意去打聽的。

還有一個可能，便是因爲他擁有防治瘟疫的知識，讓傑瑞米對他的身分有了猜想。總而言之，是沈夜低估了傑瑞米的情報能力了。

沈夜本以爲傑瑞米遠離皇城這麼久，要打探情報應該非常不便，可現實卻告訴他，能夠當小說大BOSS的角色絕對一點都不簡單！

沈夜聽完傑瑞米的話後，知道裝傻已經不可行了，既然逃不過，再顧左右而言他只會讓人看不起，於是乾脆坦誠地全盤托出他被人誤解、最終只得被逼離開的過程。至於他留在傑瑞米身邊的目的……沈夜知道現在不是說出眞相的時候，便把話說一半，說他被人誤會叛國都是因爲傑瑞米，因此在森林中偶遇時，衝動之下便跟著他離開，想看看有沒有辦法把人抓回皇城將功折罪。

聽到沈夜的計畫，傑瑞米又好氣又好笑。光憑沈夜與喬恩二人便想抓他回艾爾頓帝國領功，這想法根本是天方夜譚。

別說抓他回去了，要是沒有傑瑞米的庇護，這一大一小要在森林裡生存已十分不容易。他該稱讚他們一聲勇氣可嘉嗎？

其實傑瑞米也敏銳察覺到沈夜這番話裡，有著一些不盡不實之處，七分眞話，夾雜三分謊言，讓人眞假難分。而且少年到底是用什麼方法逃離皇城，爲什麼身邊只帶著喬恩一人，還出現在距離皇城這麼遠的蓋爾森林裡，沈夜都完全沒有提及。

其實在沈夜與喬恩出現、以與商隊失散爲名留在村裡時，傑瑞米便已讓人去調查兩人的身分。可那時他們茫無頭緒，而且沈夜的外貌又做了一番偽裝；加上他們現在還是戴罪之身，只能夠低調地調查，因此短時間內根本無法查出沈夜的身分。

當時傑瑞米並沒有對此太在意，畢竟他觀察了沈夜一段時間，發現這少年只是個不懂魔法與武藝的普通人，比喬恩這個藥劑師更不惹人注目。因此傑瑞米便將人留了下來，當作是爲沉悶的生活增加一些樂趣。

然而在沈夜表現出他驚人的知識，並且成功化解一場瘟疫危機後，傑瑞米立即對他的身分產生了強烈的懷疑與好奇。

明明只是個十幾歲的少年，在傑瑞米眼中根本就只是個孩子，可是沈夜卻輕而易舉地解決了困擾各國多年的問題。這位擁有大才的少年，怎麼可能至今籍籍無名？

這個少年雖然一直自稱來自弗羅倫斯帝國，身邊還有一株契約靈草，可是傑瑞米經過多番試探後，發現沈夜與喬恩有不少生活習慣是艾爾頓帝國人民才有的。也許沈夜他們沒有注意，可是不同的國家有著各自獨特的風俗，要是沒有受過相關訓練，在有心人的試探下很容易露出馬腳。

如果沈夜眞的是艾爾頓帝國的國民，如此年輕已這麼有才能，以路卡求才若渴的性格一定會重用他。可是在帝國裡的大臣，根本沒人這麼年輕……

想到這裡，傑瑞米靈光一閃，想起了當年那個壞了他計畫、救了兩名小皇子後，卻消失在失落神殿的少年！

傑瑞米叛離帝國後，他仍有派人留意艾爾頓帝國的情況，所以知道路卡與阿爾文找到了那名少年，而且時間沒有在那名少年身上留下任何痕跡。

最令傑瑞米驚訝的，是路卡與阿爾文一意孤行地把他抬舉爲帝國的賢者！

而那個年輕的賢者大人，好像、好像也是名叫沈夜！

傑瑞米離開帝國後一直過著逃亡的生活，對消息的掌控自然大不如前；再者，他對於沈夜這個新上任的賢者不屑一顧，認爲對方只是因爲路卡他們的關係才能爬上這麼高的職位。一般情況傑瑞米也許還會留意一下，看看對方什麼時候出錯、當個樂子看，可那時候他都自身難保了，便沒了看笑話的心思。

在被人找出他與歐內特斯帝國聯絡的證據，揹負著通敵賣國的罪名叛逃後，傑瑞米便知道自己已失去登上皇座的機會。

即使他再出色，即使他眞除掉了路卡與阿爾文，艾爾頓帝國的人民也不會容許一個身負叛國罪名的人成爲皇帝。

得知事不可爲後，傑瑞米便帶領著他的一眾手下及其親屬，在這個位處邊境的蓋爾森林建立了新的家園。

原本傑瑞米已經決定揮別過去，在這裡安安靜靜度過餘生，可是沈夜的出現，卻完全打亂了他原本的計畫。

傑瑞米很清楚路卡與阿爾文相當重視當年救了他們的少年，不然也不會找人找了十五年還不放棄；而現在這個皇帝眼前的大紅人，卻與他一樣，揹負著叛國罪名來到了蓋爾森林!?

當傑瑞米猜出沈夜的身分後，如何處置這名身分顯赫的少年便成了一個大難題。傑瑞米不是沒有想過利用沈夜來扳回劣勢，可是權衡利弊後，他不得不承認，即使再怎麼掙扎，象徵皇位的皇冠還是不會落到自己頭上。

既然這樣，傑瑞米便打消了對付沈夜的心思。私心上，他還滿喜歡沈夜與喬恩，何況這兩人還對村莊有恩，傑瑞米眞的不願意對他們出手。

最終他決定放過兩人，不僅還了他們抗治瘟疫的恩情，要是能因此獲得沈夜的好感更好。

不過同樣是叛國罪名，沈夜的狀況又與他不同。當路卡他們查出當年派殺手追殺他們的人是自己時，他便已失去路卡與阿爾文的信任與親情。

可是沈夜卻不一樣，少年的所作所爲說小不小，說大卻也不大，就在於人們怎麼看。傑瑞米相信路卡並未放棄沈夜，甚至還在努力尋找能爲對方平反的方法。

傑瑞米一直對下屬們像過街老鼠般離開艾爾頓帝國一事心存歉疚，即使他終其一生再也無法踏足那用生命守護多年的國度，他仍希望至少他的追隨者能夠回去，而不是像現在這樣，躲在遠離人群的森林裡虛度光陰。

他的下屬都是他精心訓練出來的精兵，都是忠誠愛國的好漢子，不應該留在這裡，躲躲藏藏、一輩子不能見光！

而沈夜，也許便是他們唯一的希望了。

只是傑瑞米需要沈夜幫忙是一回事，該如何使沈夜願意幫忙又是另一回事。

傑瑞米看人很準，他看出這少年雖然年輕，卻是個性格踏實沉穩的人，以面對一般年輕人的方法急著討好利誘，並不是個好法子。

相反地，連唬帶嚇地恐嚇一下他，再展示出他們對他的善意，以及同樣被判以叛國罪名的冤屈，雙管齊下可比單純討好有效多了。

最重要的是，現在沈夜與喬恩的小命掌握在他們手上，即使沈夜眞的有著能夠全身而退的底牌，可既然對方當初會選擇留在這座由叛國者建立的村莊，那麼這裡一定有他想要的東西。因此傑瑞米相信在情況容許下，沈夜並不會輕易離去。

傑瑞米仔細思考過，沈夜對他們並沒有惡意，不然少年就不會在瘟疫來臨時向他們施以援手。只要他對沈夜釋出善意，這個善良又容易心軟的少年是不會令他失望的。

於是在傑瑞米恐嚇了沈夜一番、少年忐忑不安之際，男人神色一轉地向沈夜露出和藹的笑容：「你們的事我已大致了解，那現在我便告訴你一些我的事情吧。」

隨即傑瑞米便一臉沉重地向沈夜表示自己根本沒有叛國，當年更沒有派人暗殺兩名小皇子，與他實在是同病相憐的可憐小伙伴。

說起謊來，傑瑞米的道行可比沈夜高得多了。要不是沈夜身為小說的作者，非常清楚傑瑞米的確向路卡與阿爾文痛下殺手，他真會誤以為眼前這男人是無辜、且愛護兩名小皇子的和善皇叔！

原本沈夜還為自己剛才精湛的演技沾沾自喜，可現在立即便發現他的演技在傑瑞米面前根本是渣啊！

避重就輕的謊言算什麼？神色自然地把刺殺皇子一事推得一乾二淨的傑瑞米才是狠角色！

雖然在心裡拚命吐槽，可是沈夜臉上卻神色不顯，甚至還表露出被傑瑞米說服的模樣。

實在是形勢比人強，不得不妥協啊！

現在沈夜還揹負著叛國的罪名，他是能夠利用信仰之力逃離蓋爾森林沒錯，但卻沒有能夠回去的地方。

何況沈夜留在傑瑞米身邊，也是有他自己的考量。現在並不是與傑瑞米攤牌的時候，即使明知道對方在睜眼說瞎話，沈夜還是配合著裝出毫不知情的樣子，向這名被誣蔑的可憐人投以深深的同情。

在這裡的兩人，都是影帝啊……

一旁的喬恩已禁不住睡意睡得天昏地暗了，不知不覺間，沈夜與傑瑞米從劍拔弩張變成了相談甚歡，就像一開始的猜疑與試探都不存在似的。

傑瑞米想利用沈夜，讓沈夜將他的下屬一併帶回國，並替他們在路卡面前說情；而沈夜對於傑瑞米，又何嘗不是沒有算計呢？

只是他們之間的算計，並未懷有壞心，也不會使對方蒙受損失，因此心安理得之下，兩人都表現得很坦然。

沈夜邊與傑瑞米聊著一些無關緊要的小事，邊在心裡慶幸著自己順利過了一關時，外面突然傳出鬧哄哄的聲音。

沈夜奇怪地把視線投往大門，因爲先前的慶祝會大家都鬧得瘋了，現在眾人應該都已經入睡了才對，突然這麼熱鬧根本不對勁啊！

就在沈夜心裡充滿疑惑，並猜測外面發生了什麼事之際，便見柏格連門都沒敲便闖了進來，高呼：「大人！出現敵襲，是阿爾文領的兵！」

傑瑞米聞言神色一變，霍地站起來往外趕去。男子離開木屋前，還不忘向柏格交代：「好好『保護』沈夜與喬恩。」

被柏格以保護爲名、實際監視著的沈夜一臉欲哭無淚，心裡狠狠把阿爾文罵了數遍：明明我才剛安撫好傑瑞米……阿爾文你這個幫倒忙的豬隊友！

Chapter 6
阿爾文到來

柏格闖進來的動靜很大，立即把伏在桌上的小黑驚醒了。

只見孩子醒來後，第一時間便立即護在沈夜身前。小黑練了一段時間的武藝，雖然仍是人小力弱，可動作倒是變得敏捷不少，再加上這孩子的陰狠眼神，看起來特別有氣勢，尤其動作背後的心意更是難能可貴。

沈夜按住孩子的肩膀，道：「喬恩，別亂來。」

這番話與其是對小黑說，倒不如說是故意說給柏格聽的。畢竟阿爾文出現，誰都不知道傑瑞米這邊會有怎樣的反應。現在他與喬恩已經成了威脅阿爾文的籌碼，要是他們還不識相，眞不知道柏格會怎麼對付他們。

阿爾文的到來，可說是把傑瑞米他們逼到懸崖邊緣了。

即使沈夜他們對傑瑞米等人有恩，可是傑瑞米爲了自保，以及保護那些追隨他的人，在必要時也只能犧牲他們了吧？

或許現在他們還有牽制阿爾文的用處，再加上顧念恩情，柏格並不會輕易傷害他們；但如果他們有任何反抗的舉動，吃些苦頭一定免不了。沈夜又不是被虐狂，如非必要，又怎會在老虎嘴邊拔鬚呢？

柏格將沈夜兩人留在屋內，沈夜並不清楚外面狀況到底如何，只能暗自著急。此時，他感到小黑牽著他的手，在柏格不注意時用食指輕輕敲了敲他指上的空間戒指。

沈夜不動聲色地往小黑看去，便聽到孩子狀似不經意地說道：「沈夜哥哥，我剛剛睡覺的時候，好像聽到傑瑞米說有人來找我們了，不知道我的藥奴有沒有一起過來呢？有些新藥想讓雷班試驗一下效果啊。」

新藥……藥奴……雷班……沈夜思考著孩子話裡的深意，突然靈光一閃，想起喬恩最新研發、卻被他所遺忘的神奇藥劑，而這藥劑，也許能讓他們脫離現在的困境。

想到辦法後，沈夜邊狀似不經意地與喬恩說話，邊經由契約聯繫了潛伏著的小葵，準備大幹一場！

早在傑瑞米邀請自己進屋裡商談時，他已做好了隨時撤退的準備。

沈夜很清楚他的能力雖然看起來很厲害，但其實有許多弱點，其中最讓沈夜感到無奈的，便是發動能力時需要一些時間，而且傳送時同伴必須與他的身體有所接觸，才能一併被傳送離開。

沈夜不知道在自己發動能力時，傑瑞米會不會有所察覺，進而阻止自己離開。對於這個被譽爲「不敗戰神」的男人，沈夜完全不敢小看對方的戰鬥能力。

何況在上一次傳送，沈夜正是因發動時沒有讓同伴待在身側，而吃了大虧，一時不慎便被柯特等護衛阻攔住伊凡與賽婭，以致他們無法隨他同行，最終只能眼睜睜地將他們留了下來。

想到當時將伊凡兄妹捨棄的情景，沈夜便覺得心頭一疼，心裡浮現起深深的歉疚，只希望路卡能夠護著伊凡他們，別讓兄妹倆受人欺負。

當時正因爲有伊凡與賽婭捨身守護，沈夜才能順利帶著喬恩傳送離開。在那次事件之中，沈夜獲得了沉重的教訓，明白在那些反應迅速的武者面前，他也許還未能成功傳送，便會被阻攔下來。

因此這次與傑瑞米攤牌時，沈夜便事先讓小葵變成一枚不起眼的胸針，潛伏在他身邊準備隨時行動。

傑瑞米等人雖然知曉小葵的存在，可是卻不知道小葵有擬態能力。沈夜相信有了小葵這出人意料的護衛，傑瑞米即使反應再快，也無法阻止他們離開。

方才沈夜與傑瑞米好不容易達成共識，本以爲小葵這張牌已經用不著了，誰知事情峰迴路轉，阿爾文說巧不巧地竟在此時闖入村莊，害得沈夜與喬恩被柏格關押在屋裡。

結果這一番轉折下，小葵便再次有了用武之地，不過卻不是要拖住柏格、讓沈夜使用信仰之力時能順利傳送，而是爲沈夜打掩護，讓他能夠喝下存放在空間戒指裡的隱形藥劑。

是的，沈夜想用來逃出柏格監視的東西，正是喬恩最新研發的隱形藥劑！

其實在柏格這些武者面前使用隱形藥劑，對沈夜與喬恩來說還是很有風險。即使對方看不到他們，可是身爲武者，聽音辨位什麼的還是很擅長啊！

但現在他們不得不冒險，何況阿爾文人已到了這裡，沈夜又怎能顧自己逃走、丟下阿爾文呢？

柏格一邊監視著沈夜與喬恩，一邊分出部分心神關注著屋外動靜。

不久前阿爾文領著一群手下，突然從森林暗處衝出來突襲，殺他們個措手不及。雖然村莊這邊佔了人數優勢，可他們才剛在慶典上喝了些酒，雖算不上酩酊大醉，但還是有些喝高了，實力免不得打了些折扣。

再加上阿爾文等人出現得太突然，他們完全沒有防備，一邊佔著突襲之利，一邊有著人數優勢，雙方戰鬥頓時陷入了膠著狀態。

柏格前來通知傑瑞米時，他們仍拿阿爾文一行人沒奈何，如此一來沈夜的存在便很關鍵了。只要拿捏沈夜在手，阿爾文那邊總會顧忌幾分。

因此柏格雖然很關注外面的戰況，可是他的視線卻完全不敢從沈夜身上移開，就怕一不小心，便讓這重要的人質跑掉。

可惜無論柏格多謹慎，意外還是發生了。

只見沈夜衣服上的胸針倏地變成了一朵小小向日葵，在柏格還來不及做出反應時，向日葵便向他突突突地噴射出葵花子。

小葵的葵花子攻擊雖然看起來有些可笑，可是攻擊力卻絕對不弱，威力相當於地球的子彈，也就只有毛球這些天生帶著高強防禦力毛皮的魔獸，能夠不當一回事。

柏格連忙將鬥氣覆蓋全身，也幸好他反應迅速，不然在小葵這番突來的攻擊下必定受傷。

雖然柏格反應及時，迅速釋出鬥氣護身，可是小葵的葵花子攻擊完全沒有間斷，真不知道它怎麼能有這麼多的種子能夠噴射。

即使有鬥氣保護，可是葵花子打在身上還是滿痛的，而且漫天葵花子嚴重遮蔽柏格視線，令他寸步難移，只能持續放出鬥氣阻擋小葵的攻擊，耐心等待能夠出手的機會。

彷彿過了一個世紀，接連不斷的葵花子攻擊終於停止了。柏格還來不及看清楚屋內狀況，便已連忙拔劍朝小葵方向斬去。可惜男子這充滿氣勢的一劍卻揮空了，剛剛原本應該在房間內的沈夜與喬恩，甚至前一秒還在發動攻擊的靈草竟都平空消失了！

柏格心頭大驚，正要追出去把人抓回來，眼角卻在看到地上的東西時抽了兩下。

這兩團衣物……不正是先前沈夜與喬恩穿在身上的衣服嗎？

他們逃走就逃走吧，幹嘛要把自己脫光光再跑？

這到底是怎樣的惡趣味!?

柏格表示這兩人的思維太奇葩，他完全不懂！

雖然腦海裡不停閃過「裸奔」二字，但身為傑瑞米信任的心腹手下，柏格再怎麼糾結這種逃跑還要脫衣服的詭異行徑，追捕沈夜的動作仍是毫不含糊。

可惜柏格的反應再快，當他衝出屋子後卻已完全失去沈夜他們的身影。

柏格想不到只是這麼短的時間，這兩人一草竟已跑得沒影，先不說有喬恩這個腿短的小孩為累贅，沈夜這個文弱少年也跑得不快啊！

柏格急著把人抓回，只得隨意選了個方向便追上去，至於所追的方向是不是沈夜他們逃離的方向，這就只能靠運氣了。

柏格卻不知道，就在他選了一個方向追上去後，原本沈夜和喬恩掉在地上的衣服突然平空升起，並且在空中詭異地飄浮著，看起來就像有看不見的人正把這些衣服穿回身上。

隨即，空無一人的屋內再次現出沈夜與喬恩的身影。原來他們二人根本沒有離開木屋，只是喝下了隱形藥劑後屏息凝神地躲在一旁，直至柏格遠離後，這才穿回衣服，並喝下解藥、現出身影。

而沈夜的衣物堆中，一件外衣默默化成了一朵向日葵。原來小葵在沈夜兩人成功隱形並脫掉衣服後，便化成衣服混進了衣物堆裡，成功矇騙過柏格。

「沈夜哥哥，我們爲什麼要喝下解藥呢？隱形時沒人能看到我們，這樣不是更加方便嗎？」小黑不解地詢問。

沈夜解釋：「雖然喝了隱形藥劑後誰都看不見我們，可是練武的人只要仔細聆聽還是能察覺出我們的動靜，進而找出我們所在位置。這次之所以能騙到柏格，主要是事出突然，他急著出去抓捕我們才能夠成功。」

「可是那也比現身方便啊！」

見小黑依舊不解，沈夜接著解釋：「我不能丟下阿爾文，可現在傑瑞米與阿爾文雙方在戰鬥著，此時他們一定處於隨時警戒的狀態，只要我們一靠近便會被發現。雙方到時看到是我們倒還好，阿爾文他們是一定不會傷害我們的；至於傑瑞米那方……我們終究對他有恩，而且還能利用我們來威脅阿爾文，因此也不會輕易殺掉我們。可如果我們處於隱形狀態，混進去又被發現時正……」

沈夜並沒有把話說完，小黑卻已聽出了少年的意思。

只怕到時，無論是阿爾文還是傑瑞米，都會誤認他們是敵人，毫不猶豫地將他們斬殺了吧？

小黑想到這裡，頓時仰起頭，以充滿敬佩的熱烈眼神看著沈夜：「沈夜哥哥好厲害！」

沈夜揉了揉小黑的頭髮，並任由小葵跳到他的頭上，道：「其實小黑妳可以不服下解藥，繼續隱身留在這裡，這樣子比較安全……」

不待沈夜說完，小黑便生氣地跺腳：「想也別想！」

沈夜見孩子生氣了，於是嘆了口氣，便不再說服讓她待在安全的地方。小黑素來很有主見，而且膽子也大，小小年紀卻有種天不怕地不怕的架勢。如果此刻掌控身體的是主人格，沈夜還有一半的機會讓那個黏人但卻乖巧聽話的喬恩留下來。可現在掌控身體的人格是小黑，即使硬是不讓她跟著，只怕這孩子還是會偷偷尾隨過來吧？

小黑有著主人格所沒有的狠性與倔強，這種性格讓她小小年紀便在人吃人的貧民區中生存下來，也讓她一旦認定了什麼事就絕不會回頭。

沈夜抱起鬧著彆扭的小黑，笑道：「我明白了，那就一起走吧。」

□

自從得知沈夜帶著喬恩去找傑瑞米後，阿爾文實在對對方輕率的行為又氣又擔憂，連忙帶著自家親衛馬不停蹄地前往蓋爾森林。

雖然知道沈夜他們就在這座邊境森林，可是森林面積實在太大了，因此阿爾文等人光是尋找沈夜的所在之處，便已經花費不少時日。

當阿爾文等人找到這座新建不久的村莊時，心裡無比震驚。原本依阿爾文的想法，傑瑞米揹負著通敵叛國的罪名逃離帝國，若非直接投靠了歐內特斯帝國，便是在狼狽逃命，想不到對方竟然在這人跡罕至的森林裡建立了村莊，阿爾文實在不得不慨歎他眞是厲害！

阿爾文知道，他這位皇叔是個非常了不起的人，即使現在雙方成爲敵人，也不削減阿爾文對他的欣賞。

小時候，阿爾文與路卡很喜歡這個能幹又帥氣的皇叔。每個男孩子心中總有一個英雄，而在年幼的阿爾文心裡，那個留守在邊境、保家衛國的皇叔，就是他的英雄。

可惜傑瑞米不僅是個驍勇善戰的英雄，還是個野心勃勃的梟雄。阿爾文仍記得很清楚，當路卡與他掌權、重新調查當年那場差點要了他們性命的刺殺時，雖然事隔已久，加上對方下手謹慎、查不到確實的證據，但最後所有線索都指向傑瑞米，他知道時內心有多失望與驚怒。

艾爾頓皇室人丁單薄，傑瑞米是他們僅存不多的親人。因此兩名青年即使知道了傑瑞米的野心，還是不忍心對他出手，想著只要對方別再惹事，他們便假裝當年的刺殺沒有發生過。

偏偏他們有心忍讓，可傑瑞米卻沒有與他們和平共存的意思。在路卡的皇位愈坐愈穩後，傑瑞米開始急了，明裡暗裡打壓著路卡與阿爾文。

吃了不少虧後，阿爾文醒悟到，他們便是那枚擋住傑瑞米成皇之路的石頭，只要對方還覬覦著皇位，雙方便只有成爲敵人一途，絕不可能和平共存。

於是阿爾文便不再忍讓傑瑞米，那時他們的親情已消磨光，僅維持著表面的和諧。

阿爾文實在想不明白，傑瑞米爲什麼會對皇位這麼執著。父皇還在世時，與傑瑞米兄弟倆感情很好，即使傑瑞米手握兵權，父皇也從沒有猜忌過他。

當父皇過世、路卡上位以後，他還是一如既往地尊重著傑瑞米這位皇叔，並沒有因身分改變而有任何怠慢；加上對方是長輩，當時他的地位比自己還要高上幾分，可以稱得上是一人之下、萬人之上了。

即使這樣，傑瑞米還不滿足嗎？一定要坐上皇位才能令他滿意？

路卡與沈夜是阿爾文最重要的人，既然傑瑞米想要傷害路卡，那阿爾文就只得硬起心腸對付他。

即使阿爾文並不相信傑瑞米這個保護帝國大半輩子的人，會為了皇位與歐內特斯帝國聯手，但他們還是以此為由，將傑瑞米逼得離開了皇城。

同樣地，即使現在傑瑞米對皇位已經沒有了威脅，可要是對方危害到沈夜的安全，阿爾文仍會毫不猶豫地選擇與傑瑞米敵對！

青年想著這些年與傑瑞米的恩怨，同時與親衛們悄悄接近村莊。跟隨傑瑞米一起離開帝國的，全都是多年來與那男人一起出生入死的士兵，警覺性絕對是一等一地好，因此阿爾文一行人並不敢太接近村莊，就怕對方察覺到他們的存在。

村莊似乎發生了什麼喜事，只見村民全都一臉喜氣洋洋，更熱鬧地喝著美酒、載歌載舞起來，應該正舉行著慶典。

很快地，阿爾文便看到被村民前呼後擁著出來的沈夜與喬恩。

自從沈夜上次與他們用魔法水晶通訊後，阿爾文便再也沒有看過少年。

在找到沈夜以前，阿爾文非常擔憂對方的處境，畢竟少年並不懂武藝，幾乎沒有自保之力，卻硬要湊到傑瑞米面前實在是不自量力。

雖說沈夜隱瞞了身分，還為此改變了髮色與眸色，但傑瑞米又哪是那麼好糊弄的？沈夜接近他，實在是找死的行徑。

因此阿爾文一直很憂心，想著沈夜會不會已被識破了身分？會不會被欺負？甚至，會不會有性命之危？

然而現在再次看到沈夜，少年卻出乎他意料之外地成功融入了村莊，甚至看得出來他很受眾人歡迎。阿爾文驚訝之餘，也不禁鬆了口氣，並且開始深深反省起來。

因爲曾經失去過，因此阿爾文對再次回到他們身邊的沈夜總是特別看重，也特別操心；再加上少年不懂武，性子又溫和，他便總想將人好好護著，以免對方受到傷害。

但沈夜並不是金絲籠裡的鳥兒，這個少年曾領著他們避過了殺手追捕，曾爲他們擋在獅鷲面前，也曾將進入傳送陣以遠離危險的機會讓給了他們。

即使沈夜不懂武藝、沒有什麼自保之力，可他也是一個充滿膽色、有勇有謀的男子漢！

他們盡力保護沈夜、把他與危險隔開，出發點也許是好的，但對沈夜來說卻是一種侮辱，也難怪沈夜得知他們對他隱瞞克里門的控告時，會那麼失望和生氣了。

想到這裡，阿爾文那雙銀灰色的眸子閃過一絲歉意。

帶小夜回去後，就好好向他道歉吧！這次的事情，是我錯了……

Chapter 7

決鬥

阿爾文確定了沈夜的安危後，便改變了立即將人帶走的計畫，打算先潛伏在附近再做打算。

雖然阿爾文很想立刻把人帶回皇城，可是看到少年不僅安然無恙，甚至還在傑瑞米陣營混得那麼好後，他實在不忍心讓沈夜的努力付之一炬。

因此他決定再多信任沈夜一些。少年把事情做得很好，他們這些著急趕來救人的人只好退居幕後，小心翼翼在背後保護著他。

然而有句說的很好，正所謂「計畫趕不上變化」，原本阿爾文一行人已打算隱藏起來，讓沈夜自行處理與傑瑞米的事，除非必要不會現身。可是在慶典結束後，阿爾文卻無意中聽到幾名喝得有些醉醺醺的男子的對話。

「你說，沈夜真的是帝國新上任不久的賢者大人嗎？」

「應該不會錯，哪個少年能有這種能耐呢？竟然懂得防治瘟疫，一看就不是普通人。」

「啊……你們說他好好的一個賢者，混進來幹什麼？帝國該不會缺人到這種程度，得要讓賢者大人來當間諜吧？」

「誰知道呢？聽柏格大人說，今天傑瑞米大人便會審問沈夜，到時我們便知道答案了。」

「希望事情能夠和平解決吧。沈夜與我家小子差不多年紀，還是個孩子呢！要是真的得利用他，甚至打殺他，總覺得有些下不了手……」

「的確，先不說沈夜這孩子其實很討人喜歡，光是他治好了瘟疫、救了我們多人的性命，我便無法對他下狠手了。」

「別多想了，大人一向恩怨分明，即使沈夜眞的是賢者大人，憑他對我們的救命之恩，傑瑞米大人應該也不會太爲難他吧？」

也許是醉得有點多，這些男人變得比較多話，也降低了身爲精兵的警戒心，即使阿爾文與他們距離不遠，他們也沒察覺到身邊草叢有人潛伏著。

聽完這些人的話，阿爾文頓時不淡定了。

本以爲憑剛剛看到的情況，沈夜能待在傑瑞米身邊一段時間，可原來少年的身分早已被識破，而且傑瑞米現在還在審問他……難怪剛剛慶典結束後，沈夜與喬恩跟著傑瑞米離開了。

想到「審問」二字，阿爾文腦海裡頓時浮現出不少兒童不宜的血腥暴力畫面，大驚之下也顧不得其他了，立即推翻不久前的決定，下令眾人攻入村莊，誓要救回落入虎口的沈夜！

阿爾文不是沒有想過，傑瑞米或許會以沈夜及喬恩作爲人質來威脅，可此時他已經顧不得這麼多了，反正沈夜的身分已曝光，即使他沒有出現，對方也不會輕易放沈夜自由，倒不如趁著村民喝酒後戰鬥力下降之際出手，救出人的機會更大。

然而村民的武力值卻比阿爾文預期的高，雖然他們大多喝醉，但一身武藝依然驚人，而且還佔著人數優勢。於是戰況變得膠著，即使青年心裡再著急，一時半刻也無法突破重圍，尋找被傑瑞米審問的沈夜。

雖然心裡焦急，但阿爾文這方下手卻很有分寸，傷者只傷不致殘，更別說出人命了。畢竟沈夜現在在傑瑞米手中，要是他們這次無法成功救出少年，誰知道往後傑瑞米會不會拿沈夜出氣？

加上阿爾文對這些曾爲帝國熱血奮戰的村民十分敬重，在情況允許下，他不介意下手輕一些，留下這些人的性命。

當阿爾文終於衝破村民防守，就要闖進村莊尋找沈夜時，傑瑞米卻現身了。

傑瑞米一出現，村民攻擊動作便緩了下來，開始聚集在他身邊。傑夫等人見狀也停下攻勢，護在阿爾文四周。一時之間，雙方人馬對峙著，充滿一觸即發的壓迫感。

阿爾文與傑瑞米互相對望，卻沒有人開口說話；他們的手下各自握著武器蓄勢待發，只待自家首領一聲令下，便衝去與對方決一死戰。

傑瑞米看著眼前英挺的青年，彷彿看到了年輕時的自己。

傑瑞米並不喜歡路卡，因為路卡與皇后長得太像了。只要一看到那孩子，他便會想起當年令他心若死灰、來自至親的背叛。

至於阿爾文……傑瑞米對他的感情一直很複雜，這孩子與其說長得像先皇奧斯頓，倒不如說長得更像自己，因此對阿爾文總是帶有幾分喜愛。

傑瑞米也看出這孩子不僅外表像他，性格也如他一樣非常重情義，而且愛恨分明、睚眥必報。如果傑瑞米要對付奧斯頓與路卡，阿爾文一定會成為他的阻礙。

因此傑瑞米雖對阿爾文這個姪子有幾分好感，卻從不敢投放真感情。他透露兩名小皇子的行蹤給歐內特斯帝國時，也不在乎對方會不會一併殺掉阿爾文。

當年爲了讓歐內特斯帝國的刺客能成功殺掉兩名小皇子，傑瑞米除了向對方出賣了路卡他們的行蹤，還提供不少方便。這是傑瑞米唯一一次與歐內特斯帝國聯手，結果在多年後讓他萬劫不復，揹負著叛國罪名，狼狽逃離自己最愛的國家。

這也算是我的報應吧。

即使如此，傑瑞米並不後悔。當他知道自己看重的親情與愛情，在他最重要的人眼中只是個笑話後，便決定再也不會沉迷於這些虛無縹緲的東西了。

只有權力與地位才是眞實的，也只有這些，才是他應該拚盡一切追求的東西。

只可惜傑瑞米卻敗了。原以爲路卡年紀小，他一直在路卡面前僞裝成親切的叔叔，這孩子理應不會懷疑到他身上才對。豈料，成爲皇帝的路卡表面信服他，使他放鬆了警戒，背後卻凝聚人脈鞏固權力，甚至還暗地裡調查當年的刺殺、搜集他的罪證。

當傑瑞米發現路卡與阿爾文兩個孩子並未如想像中的無害時，卻是大勢已去，再也無力回天。

也因此，他發現沈夜這名突然出現在蓋爾森林的少年，正是路卡他們一直記掛在心、孜孜不倦尋找多年的人時，他不可避免地產生了陰暗的心思，想過把戰敗者的鬱悶發洩在少年身上。要是沈夜因他的報復而出了什麼事，路卡與阿爾文一定會很痛苦吧？

若不是沈夜對村子有恩，也許現在已被傑瑞米五花大綁地押著當人質了，哪還會這麼舒舒服服地待在木屋裡？

傑瑞米與阿爾文雙方仍是一言不發地對峙著，最後阿爾文先沉不住氣：「傑瑞米，你把小夜藏在哪裡？」

傑瑞米挑了挑眉，似笑非笑地說道：「現在連『皇叔』都不願意喊了嗎？我可不知道你什麼時候變得這樣沒禮貌的。」

阿爾文冷哼了聲：「一個想要殺死自己姪子的人，還能心安理得地受得起我一聲『皇叔』嗎？」

面對阿爾文的無禮，傑瑞米完全不生氣，反而露出興致盎然的神情，緩緩拔出掛在腰間的長劍：「一段時間不見，你嘴皮子是愈來愈厲害了。就是不知道你的劍術是不是也有長進？記得你的劍法還是我幫你啟蒙的呢。」

阿爾文聽到傑瑞米的話，不禁想起當年對方捺著性子、握著他的手爲他調整出劍角度時的情景。

阿爾文閉了閉雙眼，把思緒從那不合時宜的懷念與傷感抽離出來。青年緊了緊握著劍柄的手，微微擺出拔劍姿勢：「如果我勝出，你把小夜安然無恙地還給我。」

傑瑞米道：「可以。如果我勝出，你讓我的部下回到國內，不許再追究他們跟著我一起離開的事。」

一旁村民聞言，焦慮地想要阻止傑瑞米的決定：「大人！」

傑瑞米向一眾村民嘆息說道：「我帶你們走，原是打算低調地等待東山再起的一天，可是我發現自己低估了路卡的能耐，也高估了自己。現在我回國無望，可是由我親手訓練出來的兵，不應該埋沒在這種地方。要是你們仍聽我的話，就不要讓我失望。」

村民們雖然還想要說什麼，可是看到傑瑞米決絕的模樣，便知道對方心意已決，只得黯然沉默下來。

傑瑞米見狀，目光離開了這些下屬，轉而詢問阿爾文：「以其中一方投降或失去戰鬥能力分勝負，生死不論，如何？」

阿爾文沉默片刻後，道：「好。」

在他們達成協議後，無論是傑夫等人還是村民們，皆退後空出了地方。這個世界裡，武者決鬥是非常神聖的，只要雙方訂立了規則，無論身分是乞丐還是皇帝，在決鬥時都是平等的，誰也不能插手決鬥的進行。

阿爾文與傑瑞米並沒有立即出手，而是不約而同地巍然不動，尋找著出手時機。兩人長相非常相似，但阿爾文年輕而充滿銳意，傑瑞米則如山嶽般穩重，同時他們身上都圍繞著一股肅殺之氣。

眾人屏息凝神地看著對峙的二人，四周非常安靜，傑夫彷彿能夠聽到自己因緊張而激烈的心跳聲。

雖然阿爾文的親衛們非常信任自家首領，並信服對方的武藝和本領，可是傑瑞米成名已久，他們這些年輕人可說是聽著這男人的故事長大的，現在他們的首領要與這位戰神決鬥，傑夫他們心裡實在覺得沒譜啊！

像阿爾文這些高手，他們不用真的直接交手，單憑對方站立的姿勢與氣勢就已能獲得不少有用的訊息。

阿爾文看著眼前毫無破綻的傑瑞米，忍不住充滿驚歎。不同於自己仍在定期出任務，傑瑞米這段時間都在逃亡，應該已有一年多沒與人對戰了，然而對方的氣勢相較於自己卻絲毫不弱下風，這可不是單單與同伴練習便能做到的，這個男人的確是天生的戰神！

在阿爾文暗暗敬佩著傑瑞米的同時，傑瑞米也在心裡吃驚著。上次與阿爾文切磋已是三年前，那時青年的劍術與架勢還帶著青澀，雖然以同齡人來說已十分出色，但與他相比仍有不少不足之處。

然而只是短短三年，阿爾文卻有著驚人的進步。現在傑瑞米已難以看出青年的深淺，甚至還產生棋逢敵手之感，假以時日，阿爾文一定能超越他的成就。

這是一個前途無可限量的年輕人！

傑瑞米實力很強，同時也是個好戰分子，難得遇上能激起自己戰意的好對手，他頓時把所有不必要的想法拋諸腦後。

此時在傑瑞米眼中，已沒有他先前拚盡全力想要獲得的權力與地位，反而只是單純地映照出對手的身影，眼神純粹得驚人。

阿爾文察覺到傑瑞米的變化，訝異地愣了愣，就只是這瞬間的走神，立即便讓傑瑞米抓到機會。只見傑瑞米以迅雷不及掩耳的速度出手，蘊含著鬥氣的長劍在半空中劃過一道絢麗光芒。

阿爾文的走神只有短短一瞬，迅速對傑瑞米的攻擊做出了反應。可惜高手過招，再小的破綻都會被無限放大，兩人身手在伯仲之間，阿爾文現在失了出手之利，只得被傑瑞米壓著打，一時只能盡力防守，找不到反擊的機會。

兩人長劍相撞，擊出一聲又一聲清脆響音，附在劍上的鬥氣更是充滿致命的危險性。

武者的鬥氣並不像魔法師的魔法那麼具視覺效果，看起來只像在長劍上加了一道眩目光芒，但其實是讓他們的攻擊力提升至驚人的境界。

假設現在是兩個劍術水平相同的劍士在決鬥，而其中一人是沒有鬥氣的普通人，只怕敵人只要一擊，便能將他的佩劍連人一起一分爲二了。這不是用技巧或單純的肉體力量可以抗衡的，由此可知鬥氣對武者的重要性。

阿爾文知道若只是單方面防守，總有力竭的時候，他抓準了機會擊出幾道劍芒，打算擊退傑瑞米後拉開彼此距離，重整架勢後反攻。

怎料傑瑞米看著迎面而來的劍芒，竟不退反進，只見男子刷刷刷地揮動著手中長劍，竟把阿爾文利用鬥氣凝聚而成的劍芒擊了回去！

劍芒是鬥氣的凝聚、能量的具現化，這種由鬥氣形成的劍芒不僅破壞力強大，而且作爲能量，是很難被擊散的。傑瑞米與阿爾文的鬥氣力量不分伯仲，男子卻能把這些劍芒原原本本地還擊回去，這比單純擊破劍芒更加困難百倍。

要成功將劍芒擊打回去，傑瑞米必須在短短瞬間計算出對方這一擊所使用的鬥氣量及擊出角度，再以同樣的鬥氣量打回去，太多太少都不行。

太多，只能擊碎劍刃；太少，則無力阻擋攻擊。傑瑞米敢在實戰中這麼做，代表他運用鬥氣的技巧已爐火純青，而且對自己的出手有著強大的自信。

一旁觀戰的村民們雙目一亮，臉上露出與有榮焉的神情。傑瑞米這一招可說是他的殺手鐧，防不勝防的一擊在戰場上已收割不少敵人的性命，任誰遇上這突如其來的一手，都會被逼得方寸大亂；即使沒有被擊飛回來的劍芒傷到，也會因狼狽閃避而失去應有的守勢，給了傑瑞米乘勝追擊的機會。

面對傑瑞米這突如其來的一招，阿爾文果然一時反應不過來，雖然還是成功避開幾道被反擊回來的劍芒，卻仍給了傑瑞米可乘之機。只見傑瑞米招招殺著，而阿爾文只能咬牙在對方狂風驟雨般的凶狠攻勢下勉強招架著。

傑瑞米巧妙地將數次攻擊擊上阿爾文長劍劍身的同一處，終於「啪喀」的一聲，青年長劍應聲斷裂！

阿爾文狼狽地翻身想避過傑瑞米的劍刃，然而敵人的長劍卻如附骨之蛆般如影隨形。

眼見阿爾文就要避不過血濺三尺的命運，突然，青年手中的斷劍不知何時，竟換成了一把平凡無奇的石劍！

劍士的佩劍不是想換便換的，他們獲得適合的佩劍後，還需要大量的訓練，熟悉這把劍、使之像自身臂膀般使用，而且得要掌握將鬥氣注入佩劍時的力度。因

此，劍士一般來說只有一把佩劍，並不會輕易替換。

所以當傑瑞米看到阿爾文從空間戒指中取出一柄外型古樸無華的石劍時，不禁露出意外神情，沒想到對方還隨身帶著另一把佩劍，而且這把劍的造型……也實在太有個性了點。

不過很快地，傑瑞米便看出這把石劍的古怪之處。

這把石劍完全無法覆上鬥氣，而且劍刃非常鈍，看起來就只是一把沒有殺傷力的石劍。然而這看似能輕易用鬥氣折斷的石劍，卻偏偏擋住了他的攻擊！

然而這把石劍的特殊之處，完全沒有爲阿爾文討到任何便宜，反而讓他行動變得綁手綁腳。這把劍除了打不斷，就連鬥氣也激發不出來，阿爾文拿在手上只能作爲暫時擋下攻擊的工具，拖延青年落敗的時間而已。

傑瑞米爲了讓部下回到皇城後還能繼續被重用，並不打算要了阿爾文的命，只是青年一直不肯投降，既然如此，他自然不會讓對方好過。反正他們正進行著決鬥，即使自己眞殺死了阿爾文，路卡也不能說什麼。因此他每招皆無忌憚，即使不把人殺死，也要弄殘，好出一口惡氣。

面對傑瑞米的步步進逼，阿爾文只能奮力抵擋。然而到了這種時刻，青年仍沒有失去鬥志，劍術也沒有因危機而章法大亂，要不是手中的石劍實在太不給力，也不至於連反擊的能力都沒有。阿爾文此刻的佩劍無法使用鬥氣攻擊，而且還是需要主人不停輸出鬥氣才能提得動的奇怪石劍。

他輸出鬥氣以提動石劍的同時，還要應付傑瑞米愈發淩厲的攻擊，實在是感到身心俱疲。到了後來，阿爾文已經是用意志力在硬撐了。

Chapter 8

會合

阿爾文從未被人逼至如此絕境，在肉體與精神都面臨極限時，阿爾文覺得自己已無法思考，腦中一片空白，只能本能地阻擋著那奪命的攻擊。

阿爾文只憑著一股意志堅持著，可意志再強大也不是萬能的。阿爾文看著迎面揮來的利刃，他知道自己這次躲不掉了。

他不甘心、非常不甘心自己的性命就這麼結束，然而相較於自己的性命，阿爾文更擔心留在這裡的沈夜。

要是我死了，小夜怎麼辦？

我明明就發過誓，這一次要好好守護他的啊！

阿爾文咬了咬牙，用盡全力將手中石劍往傑瑞米攔腰斬去；傑瑞米見狀挑了挑眉，卻沒有改變出劍動作。依照現在狀況，他出手可比阿爾文快得多，而且在重創對方後，還有餘裕來避過這一劍——假設重傷瀕死的阿爾文還有力氣繼續揮劍的話。

不過傑瑞米也有些意外，阿爾文這一擊明顯是抱著兩敗俱傷的打算，他本以爲以阿爾文在帝國一人之下萬人之上的地位，即使選擇與他決鬥也不會眞的豁出性命。地位愈高的人總是愈惜命，畢竟人死了，再多的榮華富貴也享受不到。偏偏阿爾文的反應卻大大出乎他的預料，傑瑞米完全猜不到對方的反應怎會如此地不顧一切。

就是不知道，讓阿爾文如此拚命的事物到底是什麼了。

雖然對阿爾文的反應感到很意外，只是事情已到這地步，傑瑞米已是箭在弦上，不得不發。

傑瑞米這一劍從阿爾文右臂一直延伸至左腰，劃出一道深深血痕。要不是傑瑞米並非眞想取他性命，下手時控制了力道，只怕阿爾文連腸子都要流出來。

即使如此，阿爾文的傷口仍是不淺。大量溫熱鮮血從青年傷口噴出，偏偏受了這麼重的傷，他出劍的速度竟沒有絲毫放緩，而是直直朝傑瑞米身上斬去！

此時傑瑞米要退開已經來不及，不過面對阿爾文這硬是提著一口氣所做的最後一擊，他並不太在意。先前對戰時，他已發現阿爾文那把石劍根本沒有開鋒，劍刃圓鈍、劍身又無法覆上鬥氣，這把劍根本傷不了人。

但即使看不起阿爾文這一劍，傑瑞米也不會任由對方的石劍擊在自己身上，於是漫不經心地揮劍格擋。

石劍濺上了阿爾文傷口噴出的鮮血，於半空中劃出一道血色弧度，直直斬向傑瑞米迎上的劍刃，預計下一秒，便會被傑瑞米格擋開。

就在此時，異變倏起！

原本灰撲撲、毫不起眼的石劍，在阿爾文揮落的瞬間變了模樣。

傑瑞米看到石劍瞬間轉變了形貌，愣了愣後迅速做出反應。雖然他不知道那把石劍出了什麼狀況，可還是謹慎地將注入自己佩劍的鬥氣增至最大。

豈料，傑瑞米即使已立即做出反應，可這應該能安穩擋下的一擊卻完全沒有效果，不敗戰神這把出自名師之手的佩劍，在阿爾文那把變異的長劍面前，簡直就像草莖，竟輕易被一分爲二！

並不是利用技巧與鬥氣，而是單純憑藉劍刃的銳利！

不僅如此，斬斷劍身的過程也沒有減緩阿爾文攻擊的速度，只見外貌大變的石劍沒有絲毫停頓，眼看就要腰斬傑瑞米，此時傳來了少年的呼喊：「阿爾文，住手！」

其實這時阿爾文已沒有多少意識，重傷的他之所以還能揮出這一劍，是憑著一股執念勉強支撐著。然而那熟悉的嗓音卻直直闖進他的心裡，讓神智不清的他不由自主地依言停止了攻擊，隨即因失血過多終於失去了意識、暈倒在地。

雖然阿爾文在最後一刻止住了攻擊，可他還是成功在傑瑞米腰間劃出一道很深的傷口。要不是受了重傷的阿爾文體力不足，以及在最後關頭停下了動作，只怕傑瑞米已像他的佩劍一樣，一分爲二了。

傑瑞米按住傷口往聲音來源看去，便見沈夜牽著喬恩慌慌張張地跑了過來。男子想不到最後救了自己的人竟會是沈夜，向一臉焦急的少年勾了勾嘴角，隨即也支撐不住地坐倒在地。

一旁觀戰的眾人全都目瞪口呆，他們皆被阿爾文突如其來的暴擊震撼到了，怎麼也想不到這場決鬥竟會以兩敗俱傷作結。

眾人雖然感到震驚無比，但仍很快回過神，雙方陣營皆不約而同朝自家首領跑去。

此時沈夜也趕到了，他二話不說便從空間戒指中取出一瓶高階藥劑，爲阿爾文治療。

沈夜的動作被一旁村民看進眼裡，傑瑞米傷勢很重，只有高階藥劑才能救得了。雖然對剛剛才救了傑瑞米一命的沈夜覺得抱歉，可是這些村民互看一眼後，皆準備出手奪去沈夜手中的藥劑！

就在他們要對沈夜出手之際，天上傳來一陣猛禽的鳴叫聲，隨即在飛砂走石下，一頭獅鷲拍動著翅膀降落在沈夜身旁。不知是有意還是無意，獅鷲所站之處位於沈夜與村民之間，正好把兩者分隔開來。

「天啊！是獅鷲！」

「這裡怎麼會有獅鷲!?」

不同於早已熟悉毛球的傑夫等人，魔獸的出現頓時在村民間引起一陣恐慌，不少人已拔劍相向，準備把沈夜從獅鷲口中救出來。

雖然爲了拯救傑瑞米，這些人會恩將仇報地想要奪走沈夜的藥劑，可是當他們以爲沈夜面臨生命危險時，卻又願意豁出性命來搭救。只能說，人類眞的是很複雜的生物，卻又意外地讓人覺得可愛。

沈夜感受到村民對毛球的敵意，連忙將藥劑交給小黑，讓她為阿爾文治療，接著環抱毛球的脖子安撫牠：「毛球，沒事的。」隨即，又轉向村民說道：「請放心，毛球是我的契約魔獸，牠很乖，絕不會胡亂傷人。」

聽到沈夜竟然為這頭威風凜凜的獅鷲取名「毛球」，傑瑞米即使傷口痛得要死還是忍不住想笑，結果這一笑便悲劇了，傷口頓時震動得血流如注，已蒼白的臉色更是白得像紙一樣。

「大人！您怎麼了？」此時追捕沈夜的柏格也趕來了，正好看到傑瑞米的慘狀，不禁大驚失色地跑來，也顧不得追捕的對象就在不遠處。

村民們見毛球的確如沈夜所說，並沒有傷人的打算，而他們的目標——那瓶高階藥劑——已被阿爾文喝下，便止住想打劫沈夜的念頭，收起了武器，一臉擔憂地嘗試為傑瑞米止血。

「讓一讓，我這裡還有瓶治療藥劑！」

村民聽到沈夜的話，頓時喜出望外。想不到少年身上竟存有那麼多珍貴藥劑，更想不到對方明明站在阿爾文那邊，可仍願意為傑瑞米治療。

眾人連忙退開，讓出一條道路給沈夜，誰也沒有去想少年這舉動是否不安好心，是不是想趁傑瑞米虛弱之際下暗手。這些人與沈夜相處的時間雖然不長，但一起對抗病魔的日子中，他們看出對方是個善良且光明磊落的人，即使雙方立場不同，他們仍願意對這少年付出信任。

傑瑞米身上傷勢雖很重，可沈夜餵他喝下的是高階的治療藥劑，這種藥劑即使是獲得傳承的喬恩，也只能靠運氣才能煉製出來。正常來說，這瓶藥劑足以讓傑瑞米傷口復元，可偏偏傑瑞米喝下藥劑後，卻完全不見效果。

沈夜見狀況不對，連忙呼喚一旁正為阿爾文治療的小黑：「喬恩，妳來幫我看看，這情況有些不對。」

此時正在照顧阿爾文的小黑，正打著治療的名號對阿爾文下暗手，看在沈夜的面子上，她並沒有把事情做得太過。可孩子每個動作都「不小心」地碰到阿爾文身上的傷口，而且力道還不算輕，實在把青年折騰得苦不堪言。

小黑想到先前在阿爾文手上吃過的虧，嘴角泛著惡劣笑容，又再次「不小心」地失手，把手中的空玻璃瓶砸在對方正在癒合的傷口上。孩子看到阿爾文狠瞪過來的視線，不但毫不畏懼，笑容還更惡劣了幾分。

「哎呀，我一時拿不穩，眞是不好意思呢。」

傑夫等人一開始以爲小黑是眞的不小心，可現在連瞎子都能看出這孩子根本是故意的。不過現在阿爾文全靠小黑的藥劑才能保住性命，他們也不好說什麼，只能瞥開視線，裝作沒看到小黑欺壓他們的首領。

阿爾文聽到沈夜的呼喚時，不禁鬆了口氣。小黑的「關愛」實在讓他無福消受，讓小黑去照顧（禍害）別人好了。

小黑深深後悔剛才爲什麼不抓緊阿爾文動彈不得的大好機會，再多教訓幾下，在對方膽戰心驚的注目下乖乖應了聲，接著意猶未盡地看了青年一眼，來到傑瑞米身邊嘗試爲他止血。

相較於對待阿爾文時諸多的「不小心」，此刻小黑的動作輕柔而小心翼翼，阿爾文看得直翻白眼，心想自己怎麼就沒有這麼好的待遇？

我才是妳的伙伴呀喂！

妳對傑瑞米這麼溫柔，讓剛剛被折騰得想哭的我情何以堪!?

偏偏傑瑞米彷彿感應到阿爾文心中所想，明明痛得要死，還是不忘對青年露出一個得意的笑容，氣得阿爾文七竅生煙卻又無可奈何。

小黑發現高階藥劑對傑瑞米沒有用後，便切換成喬恩模式。雖然她們都是同一個人，可是兩個人格擅長的卻不同，治療方面還是交給主人格比較穩妥。

孩子略帶頑劣的笑容變得溫婉，隨即便見喬恩在眾人注視下有點怯懦地縮了縮，小聲向沈夜說道：「沈夜哥哥，我剛剛用精神力感應過傑瑞米的傷口，發現傷口上依附著一種奇怪的能量。這種能量有些像鬥氣，可又有點不同，正是這種能量抵銷了藥劑的功效，如果不除去這種力量，只怕……」

沈夜聽到喬恩的話，心頭一跳，頓時想起小說中有關阿爾文佩劍的設定，連忙看向阿爾文身旁草地上的長劍。

方才沈夜趕到時，遠遠便看見阿爾文要往傑瑞米攔腰斬去，嚇得連忙大叫阿爾文劍下留人。武者動作太快，沈夜雙眼根本跟不上他們的動作，眼中只能看到揮舞的石劍殘影。

後來沈夜只顧著安撫毛球，以及處理阿爾文與傑瑞米的傷勢，直到現在才注意到阿爾文的石劍變了另一副模樣。

雖然心裡已有所猜測，但當他將視線投往石劍上時，還是忍不住露出驚歎的神情。

此時阿爾文的佩劍已不再是先前那副灰撲撲的粗糙模樣，劍身不僅變得光滑，劍刃凹槽還雕刻了精美的歐式捲葉紋；原本圓鈍的劍刃亦變得鋒利無比，厚重的外觀更是縮小成正常長劍的尺寸。護手、劍柄設計雅致樸素，華美之餘又不會讓持劍者不便使用。

最令人驚訝的是，石劍雖大變成另一副模樣，可是本身的材質卻依然是石頭，不過卻是從灰色且表面凹凸不平的粗糙岩石，變成了無人知曉的品種、與阿爾文眼眸同色的銀灰色石頭。

沈夜看著石劍進化成小說中所描述的模樣，再次感慨這個世界命運慣性的威力。即使故事情節已因他這隻闖入的蝴蝶變得面目全非，可是最後阿爾文與傑瑞米還是逃不過一場大戰，而且一直不露山水的石劍，也如小說劇情那般，覺醒成原先設定的模樣。

如果沈夜沒有在最後關頭插手，也許阿爾文便已殺死了傑瑞米，而自己最終也逃不過死亡的命運……

小說結局太殘酷，阿爾文與傑瑞米二人，絕對不能死在對方的手裡！

沈夜原本還略帶猶豫的心，終於堅定了起來。他慶幸自己早有準備，讓毛球替自己跑了趟埃爾羅伊帝國，爲他取得那枚能阻止這兩人繼續敵對的血石。

不過在此之前，沈夜必須先處理傑瑞米的傷勢，不然再這麼流血下去，男人絕對支撐不了多久。

阿爾文佩劍的前任主人，不僅是那位藥劑大師的追隨者，也是她的愛人；而這把石劍更是不可多得的寶物，是古墓所有武器之中最爲強大的武器。

可是這柄石劍沒有這麼容易操控，首先，劍很挑主人，要是無法獲得石劍的承認，無論如何都無法將劍拔出來。

其次，石劍因主人的死亡而進入了休眠狀態，外表看起來就只是一把造型粗糙、連樹枝也斬不斷的沒用殘劍，而且重量還很驚人，須要持續輸入鬥氣才能令它變輕。

因此當阿爾文聽從沈夜的建議、選擇這把石劍時，沈夜懷疑對方是否會有恆心去研究它。畢竟小說中，阿爾文之所以能使石劍覺醒，實在有太多巧合因素在；而故事裡的阿爾文，又與沈夜所認識的阿爾文，無論遭遇與性情都有著天壤之別。

偏偏阿爾文最終還是讓這把劍覺醒了，只能說這把石劍，命中註定會屬於青年所有。

沈夜看到覺醒的石劍，這才明白爲什麼阿爾文能夠輕易斬斷傑瑞米的佩劍了。覺醒後的石劍除了變得鋒利，它還吸收掉傑瑞米注入佩劍中的鬥氣，硬生生讓傑瑞米的佩劍變回未附有鬥氣時的狀態，結果可想而知。

另外這石劍最可怕的一點，便是它弄傷敵人時還會在傷口上留下詛咒。這詛咒會讓敵人傷口無法癒合，除非石劍的主人阿爾文自願解除詛咒，又或者傷者找教廷的祭司送上祝福，不然即使只是小傷，流血不止仍是會奪去性命。

現在他們身處偏僻的森林，教廷是指望不上了，沈夜也沒想過要捨近求遠。反正要解除傑瑞米傷口上的詛咒，不是阿爾文想一想便能解決的事嗎？

於是沈夜便向阿爾文說道，這種像是受詛咒的傷口應該是石劍的特殊能力，希望他可以出手解開詛咒。

然而沈夜本以爲輕易便能夠解決的詛咒，卻意外棘手。

阿爾文回道：「我爲什麼要救他？」

青年看著聽到自己回覆後有些呆愣的沈夜，眼中充滿深思：「小夜，傑瑞米是當年派人追殺我與路卡的凶手。你說，我爲什麼要救他？」頓了頓續道：「還是你知道些什麼，所以一直這麼護著他？既然如此，你來說服我吧！」

這次阿爾文決定以傑瑞米的傷勢作爲籌碼，讓沈夜說出爲何如此在意傑瑞米。無論少年再怎麼求情，他這次絕不心軟。

沈夜看著對自己來說一向特別好說話的阿爾文，這次卻斷然拒絕，這讓他有些懵了，聞言傻傻地發出了無意義的聲音：「啊？」

阿爾文見沈夜這副格外無辜的神情，原本硬起來的心，才沒幾秒又變得搖擺不定。

哎，我剛剛的態度是不是太強硬了點？

小夜素來獨立，很少向我提出什麼要求。剛剛我一口便拒絕，這會不會太狠？

如果、如果小夜堅持的話，那我就救傑瑞米好了……真相什麼的……只要小夜開心就好，他想做什麼事情，便讓他去做吧！

我與路卡二人，難道還護不住小夜嗎？

其實沈夜有點呆愣的反應，只是因爲對阿爾文難得的強硬態度而感到訝異罷了。何況他本就打算趁這次小說中的主角與大BOSS聚首一堂的機會，全盤托出他所知道的事，因此青年的斷然拒絕根本沒打擊到他分毫，更別提因此傷心難過了。

只能說，阿爾文腦洞太大，對沈夜的縱容也太沒有底線。

結果阿爾文妥協的話還未說出口，沈夜卻已低聲應允，承諾青年只要替傑瑞米解除詛咒，便會說出眞相。

逕自腦洞大開的阿爾文頓時覺得沈夜應允時的模樣充滿了委屈，在心裡嘆息著自己還是讓沈夜爲難了，可即使如此，對方還是善解人意地滿足了自己的要求。

「小夜，我明白了，我會爲傑瑞米皇叔解除詛咒的。」

沈夜面對阿爾文沉痛又自責的模樣，心裡充滿了問號，不過既然目的已達到，他也就不糾結對方到底在發什麼神經，微笑說道：「好啊！」

青年見沈夜故作堅強（誤）地對他強顏歡笑（大誤）的模樣，心疼地揉了揉少年的頭：「乖。」

傑瑞米看著眼前兩人的互動，明明是沒任何曖昧的動作，卻偏偏給他一種自己被塞了滿口狗糧的感覺！

在傷者面前秀恩愛，這樣做好嗎!?

Chapter 9
一封夾在書裡的信

雖然沈夜應允了阿爾文的要求，決心要告訴他們壓在心底的祕密，可這件事會損害某些人的顏面，他並不打算在大庭廣眾下道出事情。

當沈夜要求除了阿爾文與傑瑞米兩人，所有人都必須迴避時，因有兩方首領的首肯，因此過程很順利，就是暫時交給傑夫照顧的喬恩，對於要離開最喜歡的沈夜哥哥有些不高興。

至於毛球與小葵，沈夜則讓牠們留了下來。畢竟沈夜也不清楚把事情說出來後，這兩人到底會有怎樣的反應。保險起見，沈夜需要能控制住場面的幫手。

何況對於心思單純的魔獸與靈草來說，牠們根本不了解、也不關心沈夜接下來所說的事，更別說不懂說話寫字的牠們會把事情洩露出去，自然也就不須讓牠們迴避了。

眾人迅速清了場，沈夜想著這次阿爾文是鐵了心要讓他把事情交代清楚，是不得不爲了。因此沈夜再讓傑瑞米喝下一瓶藥劑，以免自己還未成功說服阿爾文，傑瑞米便已死翹翹。

隨即沈夜走到毛球面前，上下掃視獅鷲一眼後，很快便發現毛球前肢上被布條層層纏繞著一個東西。

阿爾文與傑瑞米對沈夜的舉動不明所以，好奇地看了過去，同樣發現毛球前肢的異狀。這布條雖然看似平凡無奇，仔細看便能發現布面光滑，並不是一般平民用得起的布料，而且上面的花紋看來像是……皇族御用的紋飾？

沈夜並不在意這兩人心裡的驚詫，逕自解開纏在毛球前肢的布條後，果見裡面包裹著他讓毛球到埃爾羅伊帝國取來的血石。

少年想到他現在已成了艾爾頓帝國的通緝犯，可是賈瑞德卻依然願意將珍貴的血石外借給他，這分情誼實在令人動容。

再想到初次見賈瑞德時，他只覺得那個既高傲、脾氣又差的皇子很欠揍，誰能想到他們往後會有了不錯的交情呢？人與人之間的緣分真的非常奇妙。

「血石？」阿爾文與傑瑞米看到少年手中的血石時，都搞不清楚對方到底想做什麼，看他的舉動，似乎這枚血石與他接下來要說的話有關？

沈夜接著讓血石沾上阿爾文與傑瑞米的鮮血——這過程完全沒難度，兩人打鬥後鮮血像不要錢似地噴得到處都是，光是他們的衣服及武器上的血跡，便已能滿足血石的需要。

血石吸收了二人血液後開始轉變了顏色，而這顏色正代表著鮮血的提供者有著直系血親的關係時，阿爾文與傑瑞米皆神色大變地低呼：「不可能！」

雖然這兩人不久前才拚個你死我活，很不願意接受這個事實，可是他們心裡都很清楚，沈夜不會拿這種事情開玩笑。而且從少年取出血石、直至滴血檢驗，所有過程都在他們眼皮子下進行，可以肯定，沈夜絕對沒有在過程中做手腳。

也就是說，他們眞是有著直系血緣的親人……他們是父子？

沈夜收起血石，上前拍了拍失魂落魄的阿爾文的肩膀：「我也是偶然之下才知道這件事。這事往後再說，你先替傑瑞米解除石劍的詛咒吧。既然石劍認你爲主，我想它會聽從你的意願行事，你試著在心裡想著要解開詛咒看看。」

阿爾文聽到沈夜的話，神色複雜地看了傑瑞米一眼；隨著他心念一動，這一眼彷彿有魔法似的，傑瑞米傷口上那股無形的詛咒在青年的意志下消散無蹤——傑瑞米先前喝下的藥劑終於發揮功用，傷口緩緩癒合了起來。

階位再高的藥劑，也只能夠治療傷勢，至於失血等等狀況，就只能靠傷者自己慢慢養好身體了。

因此阿爾文與傑瑞米二人傷口雖已癒合，可一時半刻仍是手腳發軟，稍微一活動便感到暈眩。但兩人完全沒有休息的打算，皆目光炯炯地看著沈夜，等待少年爲他們解惑。

關於如何解釋爲什麼會知道這驚天大祕密，沈夜早已想好了說法。面對兩人炙熱的視線，他從容不迫地從空間戒指裡取出一封早已準備好的信，並將它交給了傑瑞米：「我無意中在城堡的藏書室裡發現這封信，當時它被夾在一本書裡。」

沈夜遞出的信是用羊皮紙書寫的，看起來已有些年月。秀氣的字跡遍布紙上，信紙背面有著蠟封痕跡，顯然曾被蠟封章封上，卻被人打開來閱讀過，最後夾進了書本中。

信件落款寫著「珊朵拉」，即使不看這署名，傑瑞米光看字體也能認出寫信人正是奧斯頓的妻子，路卡早已過世的母后。

而這封信的收信人，則是傑瑞米！

□

珊朵拉與奧斯頓從小便訂下了婚約，只是珊朵拉喜歡的人卻是傑瑞米。後來兩人在一場舞會裡喝醉，加上雙方互有愛慕之意，正所謂酒能亂性，結果經過了翻雲覆雨的一夜後便私訂終身了。

原本兩人打算向奧斯頓坦白，但當時傑瑞米因邊境突發戰事而匆忙離開，這件事便只得暫時作罷，偏偏，珊朵拉卻意外發現自己有了傑瑞米的孩子。

一開始珊朵拉並不知道自己已有身孕，某天暈倒後才被揭發。當得知珊朵拉肚裡的並不是奧斯頓的孩子時，珊朵拉的父母幾乎要瘋了，連連逼問孩子的父親到底是誰。

當時傑瑞米遠在邊境奮戰，珊朵拉害怕說出眞相後有人會對他不利，因此便虛構出一個情場騙子，謊稱對方騙財騙色後已遠走高飛。

本來珊朵拉的父母容不下她肚裡的孩子，按理，她會被強制墮胎，並與奧斯頓解除婚約。

可是奧斯頓真的深愛著珊朵拉，不僅表示願意娶她，甚至還接納她肚裡的孩子，答允會把孩子收爲養子留在珊朵拉身邊。

那時珊朵拉內心十分掙扎，如果想要護住肚裡的孩子，唯有嫁給奧斯頓才是最好的選擇。可是她又怎能這樣利用對方的感情與善良？何況她心許傑瑞米，這麼一來……

只是珊朵拉還來不及拒絕，邊境便傳來傑瑞米中了敵軍埋伏、恐怕已被敵軍斬殺的惡耗！

雖然傑瑞米的屍體並未尋回，然而在戰場上的失蹤往往代表的只有死亡。

於是珊朵拉爲了保住腹中的遺腹子，並爲傑瑞米留下一點血脈，便答應嫁給了奧斯頓。

奧斯頓也感受到珊朵拉的不情願，再加上那時她還懷著孩子，成婚後他並沒有強逼對方履行妻子的義務。兩人雖然同房，可其實關係卻意外地純潔得很。

珊朵拉肚子愈來愈大後，便躲到皇家名下的一座別墅待產，對外宣稱因病須要休養。幾個月後，珊朵拉順利產下一子，那孩子正是阿爾文。

奧斯頓果然如同他允諾般，對阿爾文視如己出，並將孩子領回城堡，力排眾議認了阿爾文爲養子。奧斯頓本就是個溫柔體貼、英俊無比的好男人，他並不介意珊朵拉的婚前出軌，還願意愛屋及烏地照顧著阿爾文，這並不是每個男人都能做得到的事。

也許奧斯頓只是假裝不介意，其實恨阿爾文恨得要死，可是一天、兩天……日子一天一天過去，奧斯頓對阿爾文的疼愛卻從未改變。如果這眞的只是僞裝，他怎可能始終如一地對阿爾文這麼好，好得完全沒有破綻？

某一天，珊朵拉抱著年幼的兒子，問：「阿爾文，你喜歡父皇嗎？」

小小的阿爾文仰起頭，甜甜地笑著說：「喜歡！」

就是因爲兒子這句「喜歡」，給了珊朵拉願意與奧斯頓試一試的決心。

女人本就是感情爲主的生物，被一個如此出色的男人深愛著，珊朵拉不可能不動容。這男人是如此地愛她，甚至願意包容她所有缺點，因此不知不覺間，珊朵拉便被對方打動，逐漸交付了一顆眞心。

偏偏當珊朵拉已決心與奧斯頓好好過日子，還懷上小兒子路卡時，邊境卻再次

傳來消息，傑瑞米安然回來了，而且還帶回了敵軍將領的腦袋！

如果在最初那時候，珊朵拉會毫不猶豫地拒絕與奧斯頓的婚約，選擇與自己的眞愛傑瑞米在一起。但現在她當了皇后、成爲母親後，卻多了很多顧忌。

一個女人也許會爲了自己深愛的男人而願意犧牲自己，可是當有了孩子後，骨肉親情往往會凌駕愛情之上。

雖然珊朵拉仍對傑瑞米有著舊情，可是她更看重自己的孩子。以傑瑞米那種眼裡容不下沙子的驕傲性格，他眞能像奧斯頓那樣，毫無芥蒂地接納她與奧斯頓所生的孩子嗎？

珊朵拉知道她拿傑瑞米與奧斯頓來比較，無論對哪個人來說都不公平。可是她現在是個母親，必須向自己的孩子負責，而不是爲了虛無縹緲的愛情，讓親身骨肉處於艱難的位置。

最終珊朵拉選擇了奧斯頓，思慮很久後，終於決定寫了這封信。信中她向傑瑞米坦誠他離開皇城後所發生的事，以及她心裡的想法與顧忌，並希望他們雙方的感情能到此爲止，不再有任何聯繫。

傑瑞米看完這封信件，腦海中頓時浮現起珊朵拉的倩影。記憶中的珊朵拉長相清麗，從小便是一個溫柔似水、善良而心腸柔軟的人。這女人一生中做過最離經叛道的事，大概就是當年她不顧自己是奧斯頓未婚妻的身分，決意與他共度一生吧？可惜事與願違，他們最終還是因各種問題而無法在一起。

傑瑞米本以爲他已遺忘珊朵拉這個自己曾深愛過的女人，可此刻腦海裡的記憶卻是如此清晰。珊朵拉的一顰一笑，即使相隔多年，他仍能輕易描繪出來。

阿爾文看到傑瑞米失魂落魄的模樣，默默取過對方手中的信紙閱讀起來。看完後，不禁紅了眼眶。

從小他便很敬愛奧斯頓與珊朵拉兩人，對他們充滿了孺慕之情；奧斯頓他們也很疼愛他，對他視如己出，路卡這個正牌皇子有的東西，他這個養子一樣不缺。

阿爾文小時候也不是沒想過自己的親生父母，他曾想過他們會不會有天出現與他相認？他們到底長什麼模樣？

甚至他曾夢想自己是父皇與母后眞正的孩子，可現在得知他眞的是珊朵拉的親生兒子後，卻怎麼也高興不起來。

阿爾文總覺得自己的存在，是母后背叛父皇的證據。

當年父皇力排眾議、堅持毀掉國內的血石，目的應該就是為了保護他與母后，防止有人發現他們帶回來的養子，其實與母后有著血緣關係吧？

再想深一層，父皇真的不知道他的親生父親是傑瑞米嗎？

也許一開始父皇真的不清楚孩子的父親是誰，可是隨著他日漸長大、長得愈來愈像傑瑞米，大概也猜到真相了吧？

幸好父皇並沒有因此遷怒或逼迫任何人，傑瑞米繼續當他的大將軍，而父皇依舊疼愛他的妻兒。直至父皇過世為止，雙方都沒有出現過任何衝突。

而看過信中內容後，阿爾文就更不明白傑瑞米為什麼會為了皇位而刺殺路卡了。雖說母后最後選擇與父皇在一起，可這並不是她的錯。如果要怪，只能怪是命運的安排。

何況，母后本就是父皇的未婚妻，傑瑞米卻與她私訂終身，要說責任，反而應該是父皇怨懟他們才對。

後來邊境誤傳了傑瑞米的死訊，母后嫁給父皇，而父皇則把他養育成人……這行爲都可以算得上是以德報怨了，傑瑞米到底還有什麼不滿意？

而且當年傑瑞米策劃的刺殺，除了要殺死路卡，那些殺手可是打算連他一起除掉的。皇位就眞的這麼重要，讓這男人對親生兒子也要狠下毒手嗎？

「等等！母后的信件夾在書裡……裡面的內容包含了那麼多祕密，無論是你還是母后，一定都不會亂放這封信。所以，當年這封信並沒有交到你手上嗎？」阿爾文驚訝地詢問，隨即又想起在得知他們是有著血緣關係的父子時，傑瑞米的表情和他一樣震驚。

傑瑞米根本無法接受信中的內容，這實在與他所認知的眞相相差太多了。可是信中所言卻很有理據。最重要的是，血石檢測的結果讓他不得不信。

聽到阿爾文的疑問後，思緒非常混亂的傑瑞米像是想到什麼般，一臉的怒不可遏。

當年他回國後，驚見珊朵拉已嫁給了皇兄，甚至連孩子都懷上了，便知道自己再也沒有機會。可是他不甘心，明明出征前與珊朵拉好好的，還約定一起向奧斯頓坦白，怎麼只是短短兩年多的時間，一切卻變了呢？

於是傑瑞米便私下寫了一封信給珊朵拉，想要詢問對方緣由，並讓自己的好友艾尼賽斯伯爵代爲轉交。畢竟艾尼賽斯的妻子貝拉，是珊朵拉的妹妹，由她來傳遞這信件再適合不過。

傑瑞米也知道他遠赴邊境作戰時，皇城曾誤傳他的死訊。如果珊朵拉是因爲誤以爲他已死亡，這才嫁給了奧斯頓，他雖然會惋惜彼此有緣無分，卻也明白對方的難處。

偏偏珊朵拉的回信卻指出傑瑞米那一夜趁她喝醉乘人之危，把酒後亂性的過錯都推在傑瑞米身上。

當時傑瑞米看完珊朵拉的信，頓時覺得自己彷彿被人打了一巴掌。他從小便是驕傲又要強的人，從未受過這種羞辱。

當年他與珊朵拉那一夜雖然是場意外，但在那之前他們彼此已經確定了心意，豈像珊朵拉所說，是他自己的一廂情願？

然而他好幾次想要找珊朵拉，找機會與對方好好談一談，可對方卻總是故意避開與他接觸，每次見面也必有其他人在場，絕不會與他獨處。

不久，他收到了第二封信，信中珊朵拉堅決表示她現在已是奧斯頓的妻子，不會再與他有任何往來，讓他別再糾纏她。信中措詞非常強硬，甚至還暗示傑瑞米根本及不上奧斯頓分毫！

即使傑瑞米再不願意相信，但珊朵拉的態度已說明了一切。

大受打擊之下，他更發現自己在邊境遇險失蹤一事，竟曾被人大作文章。

當時傑瑞米遇險失蹤是真的，可很快地，他便暗地裡與軍隊聯繫上。然而在皇城這邊，他失蹤後便一直再也沒有他的消息，所有人都誤以爲他已死去！

他遠赴邊境作戰不久，他與奧斯頓的父皇便過世，奧斯頓繼位了。在此之前，傑瑞米身爲國家唯二的兩名皇子之一，在帝國有著舉足輕重的地位。雖然奧斯頓佔了長子的優勢，但傑瑞米卻有顯赫的軍功，要是他有心一爭，皇位落在誰的手上還是未知之數。

偏偏老皇帝逝世時，他的消息正好被人隱瞞，皇城所有人都以爲他已死，而奧斯頓則順利登基爲王，世上哪有這麼巧合的事？

傑瑞米本就因珊朵拉的事與奧斯頓心生嫌隙，現在想到奧斯頓這個平常不露深淺的兄長也許暗算了他，心裡不禁產生一股恨意。

原本傑瑞米並未對皇位太在意，可自己不在乎是一回事，被人用手段將他的權利奪走卻又是另一回事。

從此以後，傑瑞米每接受奧斯頓的命令，心裡便多了一分不滿；每次看到奧斯頓露出幸福的笑容，心裡便多了一分怨恨。原本不在意的皇位，傑瑞米對此卻愈發執著起來。

傑瑞米總是會想，要是他成了皇帝，珊朵拉選擇的男人會是他嗎？要是他成為了皇帝，奧斯頓就得反過來對他卑躬屈膝！

這個想法不知不覺間便在傑瑞米心裡生了根，最終成了執念。

後來珊朵拉去世，留下兩名年幼的皇子，其中一個還是沒有皇族血脈的養子；奧斯頓的身體狀況也每況愈下，傑瑞米認為他的機會來了。

雖然他心裡有一道細小的聲音，說阿爾文與路卡這兩個小孩子是無辜的，然而皇位鬥爭總會伴隨腥風血雨，傑瑞米知道自己如果想坐上皇座，解決掉兩名皇子是無可避免的。

何況每看到路卡，傑瑞米都覺得這個孩子怎麼看怎麼礙眼，無論如何都喜歡不起來。

於是接下來，便有了傑瑞米串通歐內特斯帝國的人，派出殺手暗殺兩名皇子等等的事情了。

傑瑞米臉色很難看地把他的誤會與猜測向阿爾文他們敘述後，沈夜與阿爾文再對比傑瑞米當年對事件的認知、珊朵拉的信件內容，頓時驚覺，一些看似只是很小的誤會，竟能讓一對曾經相愛的戀人在無奈分離後形同陌路，甚至怨恨著對方。

如果沈夜沒有發現這封信，並把信件交給傑瑞米，只怕傑瑞米到死都會以為珊朵拉是一個貪榮慕利的女人，為了權力而厭棄他。而珊朵拉，至死一直以為傑瑞米早已知道阿爾文是他們的孩子，即使自己過世以後，也會照看著孩子。

珊朵拉一定怎麼都想不到在她死了之後，傑瑞米為了奪得皇位，竟派人追殺他們的親生兒子！

傑瑞米現在回想起自己派人刺殺路卡與阿爾文一事，心裡便後怕萬分。如果當時真的事成，他哪對得起拚命為他保下腹中骨肉的珊朵拉，以及將孩子視如已出的奧斯頓？

傑瑞米並沒有懷疑信件內容的眞實性，畢竟阿爾文眞的是他的親生兒子。而且這件事比起他因誤會而猜想出來的「眞相」，更加符合當時的狀況，以及奧斯頓與珊朵拉的性情。

三人沉默良久，心裡各自都有不同想法，最終傑瑞米打破沉默，羞愧道：「是我誤會了皇兄與皇嫂了。阿爾文，曾造成對你與路卡的傷害，我非常抱歉。」

阿爾文一臉複雜地看著眼前向自己低頭的男人，心裡有很多話想說，但到了最後卻只剩下一聲嘆息：「人心，眞的很複雜。」

當愈是喜歡一個人，對那個人的期待便愈高；當那個人達不到自己的期待時，那種失落感便愈大。正因爲傑瑞米是如此重視奧斯頓與珊朵拉，因此當年誤以爲兩人背叛自己後，才會這麼怨忿。所謂由愛生恨便是如此。

阿爾文並不打算認傑瑞米爲父，而傑瑞米也是同樣的打算。這件事要是讓別人知道，對誰都沒有好處，而且還有損奧斯頓與珊朵拉的顏面。

何況奧斯頓把阿爾文視爲親生兒子般教養，阿爾文早已視對方爲親生父親一樣敬愛，對傑瑞米的親情卻早在對方的背叛下磨滅。

至於傑瑞米，得知真相後對阿爾文也只有歉疚。在此之前的相處，傑瑞米對阿爾文從未付出真心，甚至還想要殺害他，又怎能要求孩子毫無芥蒂地與他共處呢？

於是，兩人皆很有默契地繼續以叔姪模式相處，沈夜見狀也不多言。對他來說，阿爾文認不認傑瑞米為父完全不是重點，只要他們不再彼此敵對、做出一些親者痛仇者快的事就好了。

Chapter 10
冰釋前嫌

雖然阿爾文面對眼前頗有恩怨的親生父親感到很彆扭，可是有些事一定要查個水落石出：「當年你收到的那封信件應該是別人僞造的，是誰交給你的？」

如果小夜發現的這封信件才是母后眞正寫給傑瑞米的信，換句話說，傑瑞米收到的那封充滿著惡意的信是假的。

信件內容如果洩露出去，絕對會引起軒然大波，因此能爲母后傳遞這麼私密信件的人，肯定是她非常信任的人。

可是那個人卻僞造了另一封充滿惡意的信，處心積慮地離間傑瑞米與父皇、母后他們的感情。

阿爾文能夠想到的，傑瑞米自然也想得到。說到這個差點讓自己鑄成大錯的罪魁禍首，男人咬牙切齒地說道：「無論是我寫給珊朵拉的信，還是珊朵拉回給我的信，經手的人都是艾尼賽斯．錫德里克！」

「艾尼賽斯伯爵!?」阿爾文很驚訝，難道錫德里克家族有牽涉其中？說起來，因爲錫德里克家族與艾爾頓皇族有著親戚關係，因此對待這個家族，他們艾爾頓皇族總是多了幾分寬容。

可是錫德里克家族為什麼要這麼做？他們這樣可以得到什麼好處？

身為小說的作者、創造了這一切的沈夜，自然知道幕後之人是艾尼賽斯，可他不能表現出來。在聽到傑瑞米的話後，少年還是適當地露出了驚訝神情，隨即開始嘗試用言語引導：「艾尼賽斯伯爵的妻子是珊朵拉殿下的妹妹，珊朵拉殿下貴為皇后，一言一行都被人注目著，而且那時還懷著路卡，要離開城堡把信交給傑瑞米並不方便，而最好的送信者，便是她的親姊妹貝拉了。」

傑瑞米神色沉重說道：「當年我先後收到了兩封信，第一封信裡，珊朵拉急於與我撇清關係，那封信是由貝拉傳遞的。第二封中，珊朵拉強烈要求我不要繼續糾纏她，那封信則是由艾尼賽斯交給我。艾尼賽斯是我的好友，貝拉與珊朵拉是姊妹，因此當年我並沒有懷疑信件的眞偽。」可正是這個他所信任的好友，在背後狠狠捅了他一刀！

阿爾文道：「我猜母后當年只寫了一封信，正是小夜發現的這封。她將信件交給了貝拉，就不知道是艾尼賽斯偷偷換掉信，還是貝拉也是事件的同謀，最終導致信件交到你手上時，內容卻完全不同了。但無論如何，艾尼賽斯有問題是一定的，就是不知道其中哪個環節出了錯，母后原本所寫的信並沒有被他銷毀，而是夾在城堡的藏書裡，後來被小夜發現。」

沈夜聞言，心裡暗暗點頭。阿爾文的猜測頗精準，已經離現實不遠了。

貝拉並不知道錫德里克家族不爲人知的祕密，她至死都不知道自己所嫁的男人其實是敵國間諜。當年正是艾尼賽斯偷偷將珊朵拉的信調包，讓貝拉把僞造的信交給了傑瑞米。至於珊朵拉寫的那封信，原本艾尼賽斯是打算毀掉的，偏偏那時貝拉突然提早回家，正在調包信件的艾尼賽斯情急之下便將眞正的信件隨手夾在一本放在茶几上的書中。

結果那本書正好是貝拉從珊朵拉那裡借來的，當天她便把書還回了城堡。當時艾尼賽斯藏信的舉動是迫於無奈，倉促之下根本沒有看清書名。城堡的藏書量驚人，艾尼賽斯即使有心尋找，也無法在龐大的書海中找回那本夾著信件的書，於是只得放棄尋找信件下落，只祈求不會被人發現。

沈夜想到他當初爲了找到那本夾著信件的書籍，可是在城堡的書房裡找了好久呢！即使他在小說裡描寫過發現信件的橋段，知道那本書放在哪一處，可是眞正尋找時還是花費了番工夫。

沈夜聽到阿爾文的猜測與事實所差無幾後，便不再多言，只是嘆了口氣，感慨地說道：「人的信任有時眞的很脆弱，就像我這次被誣衊叛國一事，對方只是抓住一個小小的漏洞，便能將事情鬧得這麼大，逼得我不得不離開。」

沈夜離開時並不知道對方還冒用了他的筆跡，寫了一封叛國通敵的信件來誣衊自己，因此少年這番話只是感慨一下人與人之間信任的脆弱而已。

可是說者無心，聽者有意，阿爾文聞言心裡一凜，想起沈夜這次事件之所以愈鬧愈大的經過，再想到傑瑞米當年的經歷，不禁心想這種操控人心、仿冒筆跡來誣衊對方的手段，爲何如此相似呢？

該不會小夜這次被誣衊，也是艾尼賽斯的手段吧？

傑瑞米頷首贊同沈夜他們的話，提及艾尼賽斯時神色特別難看：「要不是沈夜你發現珊朵拉的信，讓誤會持續下去，後果實在不堪設想。枉費我一直將艾尼賽斯視爲友人，想不到他竟然……我不會放過他的！」

傑瑞米現在回想起來，當年前往邊境的戰事，艾尼賽斯也有與他一起出戰。如果不是奧斯頓故意誤傳自己失蹤一事而順勢上位，那麼便很可能是艾尼賽斯一直向皇城傳遞錯誤消息了。

這個人故意造成他與皇兄之間的矛盾，絕對所圖非小！

愈想，傑瑞米便愈不淡定。艾爾頓帝國除了路卡，地位最高的人便是他與阿爾文兩人，可現在他們都遠離了皇城，要是錫德里克家族想要對路卡出手，現在便是下手的好機會。

傑瑞米卻不知道，路卡已對錫德里克家族有了猜疑與提防，而他現在恨不得大卸八塊的艾尼賽斯，更是已經死翹翹了。

此刻傑瑞米滿心都是對奧斯頓與珊朵拉的歉疚，可這兩人已經去世，於是他便把這種強烈的情感投放在兩人的兒子路卡身上，甚至相較於阿爾文這個並沒什麼感情的親兒子，他還更看重路卡幾分。

只能說珊朵拉看人眞的很準，而且非常了解傑瑞米。傑瑞米確實是個十分驕傲、恩怨分明的人，他無論如何都無法像奧斯頓那樣，對珊朵拉與其他男人所生的孩子視如己出。可是在得知自己的怨恨不甘都是有心人操弄的結果後，他頓時把仇恨轉移至錫德里克家族，同時發誓，無論如何都要好好補償路卡。

「雖然不知道錫德里克家族到底想做什麼，可是他們對皇族懷有惡意是肯定的。阿爾文、傑瑞米，這封珊朵拉殿下所寫的信，我可以給路卡看嗎？」沈夜鄭重地向兩人請求。

對於沈夜的提議，阿爾文與傑瑞米並沒有異議。雖然這件事涉及皇室顏面，自然是愈少人知道愈好。可是路卡，絕不是應該被瞞著的那個人。

打鐵趁熱，現在沒有外人在，沈夜便取出魔法水晶聯繫了路卡。傑瑞米見狀，並沒有太訝異，他早已知道路卡與阿爾文對沈夜的重視，沈夜擁有這種珍貴的魔法水晶，他只覺得理所當然。

同時傑瑞米不禁想起少年第一天來到村莊時，他隱約在門外聽到沈夜與人對話的聲音，他當時應該正在向路卡與阿爾文報平安吧？

不過沈夜的那次報平安，顯然並未能讓路卡與阿爾文放心，不然阿爾文也不會這樣千里迢迢地追過來了。

當他們得知沈夜離開皇城後，竟來到蓋爾森林找自己，那兩人一定被少年的大膽嚇得大驚失色了吧？幻想著那時路卡與阿爾文又驚又氣、卻又拿沈夜無可奈何的模樣，傑瑞米忍不住暗暗好笑。

□

此時，在皇城的路卡因爲察覺到艾尼賽斯的死因可疑，便派人偷偷潛入了錫德里克家調查。

結果一查之下，還眞查出不少不尋常的地方。

有些事即使遮掩得再好，也禁不住有心人一次次挖掘。何況錫德里克家族這枚歐內特斯帝國的釘子在艾爾頓帝國埋下已久，做過的缺德事多不勝數，怎麼可能所有事情都處理得乾淨呢？

愈往深處調查，挖出來的事便愈觸目驚心。到後來，所有線索更指出每次錫德里克家族出現不尋常舉動時，受惠的往往是歐內特斯帝國！

調查人員甚至還發現沈夜被誣衊一事，有錫德里克家族引導輿論的痕跡。他們順著克里門男爵這條線，查出了他近期買下的一名美人，正是與錫德里克家族交好的一個小家族所訓練出來的歌女。

眞是天佑艾爾頓帝國，正好錫德里克家族現在正處於家主過世、新家主還未上位的混亂時期，這才讓調查人員有了更多可乘之機，成功挖出不少祕辛。

光是這段時間搜羅出來的資料，便足以讓路卡撤銷錫德里克家族的爵位，並將這個家族的成員處斬的處斬、流放的流放了。

可路卡並沒有公開他們的罪狀，並不是他想要以德報怨放對方一馬，而是被暗算的感覺實在太糟了。雖然與歐內特斯帝國簽訂了停戰協議，可對方這些年來小動作不斷，路卡總想著該怎樣好好回報一下歐內特斯帝國對他們國家如此的「關心」，只是還找不到很好的方法。

而錫德里克家族的存在，也許會是很好的切入點。

就在路卡想著該如何利用錫德里克家族這枚棋子時，他那顆通訊用的魔法晶石突然發出光芒，顯示有人向他提出了通訊的要求。

路卡遣走室內一眾下人後，這才開啓魔法晶石的聯繫。

然而另一端的影像從光芒中顯現時，路卡手一抖，差點便把手中的吊墜掉在地上了。

爲什麼傑瑞米會一臉若無其事地混在阿爾文與沈夜之間啊!?

而且他們的氣氛也太和諧了吧？

「小夜……後面！你們的後面！」路卡一臉驚嚇地指了指站在兩人身後的傑瑞米。

路卡這副模樣，簡直就像在視訊時看到對方身後站著一個背後靈，對方卻懵然不知的樣子。

沈夜頓時覺得背脊發寒，略帶僵硬地轉頭看向自己身後……隨即迎上傑瑞米充滿無奈的視線。

「噗！」沈夜他們的互動太過搞笑，阿爾文忍不住笑了出來。

沈夜瞪了瞪看他們笑話的阿爾文，隨即向路卡解釋：「不要緊的，我們與傑瑞米的誤會已經解開了。」

「哦？」路卡抬起眼往傑瑞米看去，這漫不經心的動作卻帶著一股銳利，直直投往後方男人身上。

路卡並不喜歡傑瑞米，無論是誰，面對曾要刺殺自己的罪魁禍首時，一定都沒有好臉色。

對此傑瑞米已有心理準備，看著路卡那冰冷且警告意味十足的一瞥，他回以一個討好的微笑。

路卡頓時傻眼。這個人眞的是傑瑞米？不會是別人假扮的吧？

在這麼短的時間內，原本每次面對他們都齜牙咧齒的雄獅，變成了會給他們遞手的忠犬，任誰都會覺得這轉變太驚悚了點。

你們到底對傑瑞米做了什麼啊喂！

路卡不得不對傑瑞米的投誠充滿懷疑，畢竟對方的變化實在太大了；而且像他那樣驕傲又強硬的人，立場怎會輕易說變就變？

傑瑞米看出路卡的懷疑，對此卻完全沒有任何不滿，甚至還因青年如此謹慎而暗中點頭。路卡身爲皇帝，小心多疑的態度才是正確的。

總而言之，自從得知當年的眞相後，傑瑞米便一股腦地想對路卡好，希望好好補償對方。無論現在路卡怎麼對待他，在他眼中，青年都是可愛又討喜的姪子。

堂堂的不敗戰神已榮升成皇帝陛下的腦殘粉，也許不論路卡說什麼，傑瑞米都會振臂高呼：皇帝陛下棒棒噠！

傑瑞米面對路卡充滿懷疑的視線，欣慰之餘，還回以一個充滿慈愛的笑容。

路卡面無表情地默默把臉移開……

誒誒！剛剛我看到什麼!?

是眼睛業障太重嗎？

阿爾文再次看到路卡飽受驚嚇的模樣，雖然覺得這樣做有些不厚道，可是他眞的很想笑。

原本阿爾文還以爲一直被自己視爲親弟弟的路卡，突然成了同母異父、有血緣的兄弟，見面時也許會挺尷尬的，然而現在兩人眞的見面到時，他只想笑啊！怎麼辦!?

沈夜也覺得路卡與傑瑞米的互動很有趣，想到一會兒還有個更大的炸彈要轟到路卡面前，少年看路卡的眼神便充滿了同情。

過了好一會兒，路卡才從傑瑞米帶來的驚嚇恢復過來，不禁移開眼神，不再盯著對方看，並一臉不在意地轉移了話題：「喬恩呢？」

「她很好，我讓傑夫帶她去睡覺了。」沈夜說罷，見傑瑞米還是一副欲言又止的模樣，便偷偷伸出食指戳了戳對方腰部。

聯絡路卡之前，他們三人便有了共識。上一輩的事，還是由上一輩的人告知路卡比較好。沈夜與阿爾文並不是當事人，由他們來說有些不適合，因此告訴路卡真相的重任，便交給了傑瑞米。

偏偏傑瑞米先前應允得很乾脆，可面對路卡時卻遲遲開不了口，這讓沈夜有點急了，不得不暗裡催促一下對方。

不過沈夜心裡也明白傑瑞米爲什麼會這麼尷尬，無論他怎麼加以潤飾，但眞相內容根本就是：嘿！親愛的姪子，其實你的母親在出嫁前與我有一腿喔！而且我們連孩子都有了，就是你的皇兄阿爾文。你們並不是義兄弟，而是眞的有血緣關係呢，有沒有很驚喜？

……也難怪他說不出口。

傑瑞米似乎不知該怎麼向路卡解釋，只得直接揚開信件，舉在水晶前給路卡看，並且乾巴巴地向對方表示，看過後有什麼問題可以隨意提問。

於是便出現了路卡默默看著信件的內容，而沈夜三人則略帶緊張地盯著對方看的畫面。

傑瑞米是最忐忑不安的，有種被晚輩審判的感覺。至於阿爾文，他也有些擔心路卡無法接受他們之間關係的轉變，不過做錯事的是上一輩的人，加上兩人從小到大的兄弟情分，因此阿爾文的模樣倒是比等待著判決似的傑瑞米好多了。

沈夜則是三人之中最淡然的，反正事不關己，高高掛起，他安心在旁邊剝花生看熱鬧就好。

然而路卡的反應卻是異常地平和。只見青年看完珊朵拉的信後，便一臉淡然地向傑瑞米詢問他與奧斯頓及珊朵拉之間的恩怨情仇。

他在聽著傑瑞米的敘述時，偶爾也會插入詢問一些問題。整個過程下來，路卡發問不多，問的問題也沒有很尖銳，但都問到了點上，很快便弄清楚事情的來龍去脈。

但路卡的表情實在太冷靜，沈夜很想詢問他爲什麼不生氣。不過少年嘴巴動了動後還是不敢問，就怕不小心點亮了路卡的狂化技能。

路卡清楚了解事情後，沉思半晌，在沈夜三人或緊張、或心虛、或擔心的注視下緩緩說道：「眞可惜，傑瑞米皇叔你是無法去找艾尼賽斯的麻煩了。」

路卡的話立即轉移眾人的注意力，傑瑞米誤以爲路卡與錫德里克家族的人關係好，不忍出手對付，又或者是青年根本不相信艾尼賽斯會做出那些事，於是頓時焦急起來。

傑瑞米在那個男人身上吃了大虧，並不希望自己的姪子走他的老路、最終被信任的人出賣：「路卡，你要相信我，艾尼賽斯他的確……」

路卡手掌向下虛按了下，做出一個「稍安毋躁」的手勢，隨即微笑道：「我之所以這麼說，是因爲艾尼賽斯不久前過世了。」

沈夜聞言睜大雙目，他可是清楚艾尼賽斯在小說裡是一直笑到最後的人。在阿爾文與傑瑞米兩敗俱傷後，艾尼賽斯的身分雖被揭穿，但他仍是成功逃回了歐內特斯帝國。

可現在這個男人，卻這麼莫名其妙地沒了？

路卡看到沈夜他們呆愣的模樣，嘴角勾起一個惡作劇的笑容。誰教他們剛剛嚇得他不知所措？他是故意要小小報復一下他們。現在看到沈夜三人全都傻掉的神情，路卡頓時覺得出了一口悶氣，心情爽快不少。

傑瑞米面對路卡溫和的笑容，忍不住詢問：「我與你父皇及母后的事……你沒有什麼想說的嗎？」

傑瑞米眞的不明白，爲什麼路卡的反應能如此淡然。

「這有什麼好說的呢？事情已經過去了，我只是慶幸母后選擇的人是父皇，不然我未必能夠安然長大吧？只能說，母后的眼光很好，選擇了一個愛她也願意包容她的男人。」

他看到傑瑞米不服氣的模樣，接著說道：「身爲皇帝，父皇也有著他的驕傲。但你知道爲什麼父皇能夠接受皇兄的存在嗎？那是因爲父皇眞的很愛母后。如果你愛一個人，就不會覺得爲了她而妥協是件很困難的事，因爲那個人比自己的顏面重要得多了。」

傑瑞米想回答青年他是眞的很愛珊朵拉，如果那時沒有艾尼賽斯從中攪局，他知道了珊朵拉當年的無奈，也是願意將路卡視如己出的。可惜現在珊朵拉已經不在，在她與奧斯頓的兒子面前說這些也沒什麼意思，因此他最終沒有反駁路卡的話。

路卡看到傑瑞米因自己的話而蔫掉的模樣，頓時覺得爲父皇出了口氣，便不再把過去的事放在心上。

路卡之所以能如此淡然，是因爲奧斯頓與珊朵拉兩人在路卡的記憶中一直非常恩愛，他覺得這樣便已足夠。既然身爲未婚夫的奧斯頓願意原諒珊朵拉當年的婚前出軌，那麼外人便不應該對此多有意見。

至於傑瑞米當年的刺殺與爲難，是因爲艾尼賽斯的挑撥而起，雖然傑瑞米不能說沒有責任，但他們幸好並沒有吃太大的虧，還因此結識了沈夜，那路卡也願意把這件事揭過就算。

與其一直抓著當年的過錯不放，倒不如讓對方回來帝國爲他們做牛做馬。怎麼做才能獲得最大的利益，路卡心裡可是清楚得很。

「現在我已查出不少錫德里克家族做的齷齪事，足以撤奪他們的爵位、定他們的罪了。我之所以沒下令，是想試著能否趁機把幕後黑手釣出來。」路卡淡然說道：「現在的艾爾頓帝國，是人心不穩、防守最爲薄弱的時候。賢者出走，國內兩名大將一人叛國、一人則外出抓捕出走的賢者，這麼好的機會，歐內特斯帝國又怎會放過？」

「回來吧！」路卡語重心長地說道：「我需要你們。」

傑瑞米看著眼前泛著淡笑的年輕皇帝，彷彿看到他皇兄年輕時那運籌帷幄的模樣，以及少女時期笑得溫柔的珊朵拉。

珊朵拉那美麗而溫暖的微笑，是傑瑞米曾經的最愛，也在他誤以爲被對方背叛後，成爲了他多年以來的夢魘。

傑瑞米沒有成功守護自己重要的人，甚至還怨恨、誤解他們多年。那現在，他還有資格去守護這樣的笑容嗎？

雖然路卡並沒有明說，可是一句「回來吧」，卻表明了他原諒的態度。

他們的皇帝陛下說，「我需要你們」。

那還有什麼好猶豫的？

沈夜三人對望了一眼，隨即不約而同地相視一笑，向路卡說道：「隨時聽候皇帝陛下您的差遣。」

《夜之賢者07》完

番外 · 孩子的戰爭

爲了接近傑瑞米，沈夜與小黑在對方邀請下，從善如流地住進了他們在蓋爾森林所建立的小村莊裡。

身爲外來者，兩人受到村民的排擠在所難免，可沈夜並未氣餒，努力融入村莊的生活，每天隨同村民外出工作。而小黑因爲年紀小，被留在村莊裡，與村裡的孩子一起玩耍。

沈夜的原意是好的，可他卻忘了很多時候，小孩子比成年人更加直接、也更加喜惡分明。

孩子很容易與陌生的小伙伴熟絡起來沒錯，可是他們更容易受大人的影響。村民從沒掩飾對沈夜兩人的不歡迎，連帶地，小孩子也不喜歡小黑。

湯姆是村莊的孩子王，從小練武的他長得又高又壯，雖然只有十歲，可是看起來卻像個十二、三歲的孩子。

傑瑞米每天都會監督村內孩子的練武進度，湯姆是最受傑瑞米喜愛的學生。可自從小黑來到這裡後，便吸引了傑瑞米的視線，還經常有幸受到傑瑞米手把手的教學。

明明喬恩長得沒他高壯，劍術沒他好，也不及他乖巧聽話，為什麼傑瑞米會比較喜歡他？

這讓湯姆感到了危機感，覺得再這樣下去，自己首席學生的地位要不保了！

如果湯姆年紀再大一些，也許能明白正因小黑劍術沒他好，因此傑瑞米才要手把手地教；其他孩子都是傑瑞米手下的兒女，從小已從父親那學會基本劍術，根本不須從頭教起。

至於為什麼小黑不及湯姆乖巧聽話，卻反而最受傑瑞米注目？

這不是理所當然的嗎？一般來說最受老師關注的，往往是最頑皮的學生，何況如同先前所說，孩子總是輕易被父母的態度影響。村民對傑瑞米非常崇敬，這也讓這裡最頑皮的熊孩子在傑瑞米面前也變得特別乖巧。

現在突然出現像小黑這樣不受控的存在，傑瑞米自然覺得非常有趣。畢竟人人對自己畢恭畢敬是很爽沒錯，可時間一久還是會覺得膩。

如果沈夜在場，一定會對湯姆說道：少年，你太年輕了。這個世上有一個詞叫作「抖M」。

總而言之，湯姆不開心，便決定要讓令自己不開心的小黑更不開心。於是在練習結束後的自由時間，小黑被幾個不懷好意的孩子圍堵起來，帶頭的孩子長得特別高壯，正是一臉不爽的湯姆。

小黑感受到孩子們的敵意，卻也不慌亂，這種敵意相較於她在貧民區遇上的狀況，根本是小巫見大巫，小case。

她在貧民區沒少被人圍堵過，堵她的人都是那一區的小混混。一開始，小黑都是被毒打一頓，然後那些人會搶走她身上的所有財物。

待長大一些後，小黑便能在對方的包圍下逃掉；再到後來，她還能偶爾反咬那些人一口肉。

現在圍著她的孩子雖然一臉敵意，可是卻完全沒有殺氣，渾身氣息乾淨得沒有絲毫血腥味，根本就讓小黑提不起任何攻擊的興致，反而覺得很好笑。

明明就只是幾個未見過血的小狗崽，倒是有膽子去圍攻一匹狼，該說他們不知道天高地厚嗎？

湯姆完全不知道自己被小黑鄙視了，看著對他們的圍堵沒有絲毫反應的小黑，他自動把對方的反應解讀爲嚇呆了，不禁一臉得意地揚了揚下巴：「喬恩，你識趣的話，以後不許再纏著傑瑞米大人了。不然我們讓你有得受！」

小黑挑了挑眉：「所以你們把我圍在這，就是在爭寵嗎？」這是什麼蠢原因。

湯姆冷哼一聲：「傑瑞米大人是我們的老師！不是你的！」

相較於湯姆他們的不友善，小黑倒是表現得很平靜。剛好有個村民遠遠路過，看到一個一臉淡然的孩子被一群熊孩子圍著，便好奇地多看了幾眼才離去。

小黑看了眼離去村民的背影，這才挑釁地向湯姆說道：「可傑瑞米就是喜歡我，我有什麼辦法？不過你們可以放心，我不會讓傑瑞米有了我以後把你們趕走的。我人很好，允許你們和我一起學習。」

聽著小黑恩賜般的語氣，湯姆等孩子都怒了。明明他才是外來者，憑什麼霸佔著傑瑞米大人，而且還視爲理所當然!?

湯姆生氣地舉起了拳頭，不過這孩子還記得小黑是個剛學武不久的藥劑學徒，這拳倒是沒有直接往她身上招呼過去，就只是做做樣子恐嚇：「你向我道歉，不然我就打你了！」

偏偏小黑不僅不害怕，還一臉不屑地說道：「你要打就打啊！我才不怕你。還是說，你的拳頭就只是用來裝裝樣子的？」

面對小黑的挑釁，再加上旁邊孩子起鬨，湯姆頓時覺得自己身爲孩子王的權威受到了挑戰，熱血沖腦下，便舉起拳頭往小黑揮去。

小黑不驚反喜，她就是在等這一刻！

先前已經讓村民看到她無奈被這些熊孩子圍堵的模樣，現在又是對方先動手，那麼接下來無論小黑把他們怎麼樣，別人也無法說她什麼。

小黑爲了避免爲沈夜帶來麻煩，決定先把自己塑造成受害者的角色，然後再站在道德的制高點上對付他們！

面對湯姆的拳頭，小黑潑出早已準備好的藥劑，高傲地抑起下巴，覺得自己比這些只懂得動拳頭的小屁孩聰明多了。

本小姐心計不輸給陰險的大人，挖起坑來連自己都害怕！

被藥劑潑了一身的湯姆，立即驚恐地發現自己動不了！

還不待湯姆反應過來，小黑便衝上前、撲倒不能動的湯姆，並騎在他身上拳拳打臉，凶殘指數五顆星！

一旁小孩都被小黑殘暴的舉動嚇了一跳，愣了一會兒，這才慌慌張張地衝上前想阻止；小黑見狀，便從腰間取出一把防身用的小刀，刀尖充滿威嚇性地指著變成豬頭的湯姆：「警告你們別過來，不然嚇到我的話，不小心把小刀掉在湯姆身上可不負責。」

接著，小黑無視被嚇呆的孩子們，偏了偏手中小刀，虛放在湯姆頸側，刀刃隨著孩子的動作而折射出銀色光芒。

只見小黑漫不經心地說道：「你們殺過野兔嗎？被打死的兔子血會放得不夠乾淨，所以殺兔用刀割斷氣管比較好；頸部放血之後，兔子的肉才會比較白嫩。說起來……我很久沒有吃過烤野兔肉了……你喜歡吃兔肉嗎？」

雖然小黑嘴巴說著要吃野兔，可是她握刀的動作及那狼般的眼神，簡直就像要放血吃掉湯姆似的！

湯姆聽到小黑的詢問，崩潰地瘋狂搖頭，完全無法理解為什麼一個藥劑學徒會那麼了解殺生？

藥劑學徒什麼的，應該風一吹便倒才科學嘛！這麼剽悍的藥劑學徒到底是從哪跑出來的!?

湯姆臉上被打的位置還火辣辣地痛，感覺到刀身傳來的冷意，他神色大變地高呼：「喬恩，你、你冷靜點！」

小黑面無表情地回答：「我很冷靜。」

湯姆：「……」

一眾旁觀的小伙伴：「……」

媽媽有變態我想回家QAQ

孩子堆中不知誰在大叫「快找大人來幫忙！湯姆要被他宰來吃了！」，隨即便見孩子們一哄而散、跑去找救兵，剩下動也不能動的湯姆，欲哭無淚地被小黑用刀子脅迫著。

當傑瑞米看到孩子們一臉恐慌地衝過來，七嘴八舌叫嚷著讓他去救湯姆時，男子腦內只浮現出大大的問號。

什麼叫作喬恩要把湯姆宰來吃？這是最新流行的笑話嗎？

雖然心裡覺得不以爲然，不過傑瑞米還是放下手上的工作，跟著他們去看看到底喬恩在搞什麼鬼。一些村民見狀，也尾隨過去看熱鬧。

傑瑞米看到兩個孩子的狀況，大吃一驚：「這個豬頭是誰？你、你是湯姆⁉」

雖然湯姆臉上的傷看著有些嚇人，其實卻不嚴重。因此傑瑞米看著眼前變成豬頭的孩子，不但無法生出同情之心，反而還覺得有些搞笑……

小黑看到傑瑞米出現，便把小刀收了起來，並解除湯姆身上的藥效。

終於重獲自由，湯姆頓時像看到救星般往傑瑞米撲去，還一臉憤慨地告狀。一旁的孩子也嘰嘰喳喳地說著，頓時把小黑說成了不可一世、拿著利器威嚇要宰掉湯姆的惡魔。

聽到孩子們的話，一旁湊熱鬧的村民看向小黑的目光都變得不太友好了。這個外來的孩子才來村莊沒多久，便已經欺負他們村裡的孩子，甚至都動刀子了，人都是護短的，看到這情況不禁對喬恩更加排斥。

傑瑞米氣定神閒地等那些孩子吵嚷一番完後，這才問小黑：「喬恩，你爲什麼打湯姆？」

傑瑞米雖然與小黑相處時間並不長，卻看得出這孩子的本性。以小黑完全不肯吃虧的個性，以及卓越的應變能力，傑瑞米相信小黑應該早已想好了退路才對，因此他決定先靜觀其變，不然責備小黑後，被孩子打臉就不好了。

小黑聽到傑瑞米的詢問，頓時「喬恩模式全開」。這麼多年來，小黑僞裝成喬恩那委屈怯懦的小模樣已爐火純青了，雖然芯子還是黑色的，不過那副可憐兮兮的樣子卻惹人憐愛。

「一開始的時候，是湯姆他們圍著我不讓我離開……」

這是事實，湯姆他們無法反駁。

「……還說傑瑞米不是我的老師，我說傑瑞米不會因爲多了我這個學生而不理會他們，我們可以一起學習……」

依舊是事實，可是怎麼聽起來好像有點不對？

「然後湯姆便很生氣地出手打我，我、我很害怕，便用藥劑潑在他身上讓他不能動，湯姆還狠狠瞪我，我那時也生氣了，就、就忍不住打了他。那時候其他人反應過來，我怕他們會打我，便用刀指著湯姆了……不過我沒有用刀傷害湯姆的，就只是嚇嚇他而已。」

湯姆與一眾孩子：「……」

喬恩說的都是事實，他們無法反駁，可是感覺有些不妙啊！

湯姆都被小黑那四兩撥千斤的說話藝術驚呆了，明明小黑說的話全都是事實，就連她打人和用刀子威脅湯姆的過程也全說了，可是聽起來卻是湯姆挑釁在先，被打都是活該啊！

事情轉折得太快，孩子們都傻眼了。

旁觀的村民將不贊同的視線轉移到了湯姆這些孩子身上。

原來根本就不是外人欺負自家小孩，而是自家孩子去圍堵別人！

那麼多人去欺負一個孩子就算了，竟還打輸後找大人幫忙，真是村莊的面子都被他們丟了！

雖然最終是喬恩把湯姆打成豬頭……正所謂狗急也會跳牆，湯姆他們人多勢眾卻打輸給喬恩，是他們自己不爭氣，還能怪對方打人？

至於喬恩動了刀子一事，那孩子也只是用來嚇嚇湯姆，反正沒有眞的用刀子傷人，不是嗎？

於是一眾大人看完熱鬧後，都表示孩子的事情由孩子自己解決就好，他們大人並不會插手。雖然有責罵喬恩動刀子很危險，可是湯姆爲首的一眾孩子也同樣受到責備，要他們和睦友愛，可別再欺負喬恩了。

最後在傑瑞米的壓迫下，湯姆不得不與小黑握手言和。

小黑看著眼中閃爍不服光芒的湯姆，對這愈挫愈勇的孩子生出興趣。其他孩子看了她動刀時的變態模樣，都對她敬而遠之，心理陰影面積有多大就更不用說了。可偏偏當事人湯姆卻像隻打不死的小強，明明先前被小黑嚇得要死，現在卻又不怕死地把恐懼拋諸腦後了。

那不服輸的小眼神……嘖嘖！眞讓人有種想要調教的欲望。

小黑上下打量著湯姆，湯姆頓時被她看得一陣毛骨悚然。

她看著湯姆驚恐又疑惑的眼神，露出一個變態感十足的笑容，心想收個小弟玩玩好像也不錯吶！

傑瑞米看著握手言和的兩個小孩，伸手拍了拍兩人的頭：「這樣才對，現在你們就是朋友了，以後多一起去玩，要好好相處喔。」

小黑點點頭，一副受教的模樣：「嗯，我會每天都去找湯姆培養感情。」——好盡快把人調教成完美小弟。

當然最後這句話小黑沒有說出口，眨動眼睛的模樣非常乖巧純良。

「喬恩眞乖。」傑瑞米欣慰地摸了摸小黑的頭，不知爲何，總覺得小黑說這句話的語氣有點怪怪的。

湯姆見狀嫉妒了，也立即大聲說道：「我也會每天找喬恩玩的！」

小黑聞言往湯姆看去，隨即露出一個詭異的笑容。

湯姆忍不住打了個冷顫，有種似乎立下了神祕flag的感覺……

兩個孩子的交鋒，還有得玩吶！

〈孩子的戰爭〉完

❀後記

各位好~寫這篇後記時正值跨年，祝各位二〇一七新年快樂！

今年的聖誕節與元旦都好溫暖啊……記得往年這個時候我已經要抱著暖水袋過活了（笑）。雖然天氣冷手指會很僵，間接影響趕稿的進度（？），但這種氣候變化實在讓人感到憂心啊！

天氣真的愈來愈反常了，各位要好好愛護大自然喔！

說到趕稿，《夜之賢者07》的稿期比較趕，稿子是在聖誕節期間生出來的。

正巧我十一月去了旅行，再加上修潤的進度不及預期，結果交稿日也比預計的推遲了一些。實在非常對不起等待著稿子的天藍與編輯大人，也很感謝他們的耐心等候與諒解。

小說的誕生，除了作者與繪師外，還有不少幕後功臣的努力，每一本書寶寶都是很多人合作下創作出來的心血呢！

另外告訴大家一個好消息！

除了《夜之賢者》這本未完結的作品，我筆下其他完結的小說《傭兵公主》、《懶散勇者物語》、《琉璃仙子》、《異眼房東的日常生活》都已在BookWalker上架了。喜歡閱讀電子書的各位，請多多支持喔！

原來我已經出道六年了，時間眞的過得很快呢！

很高興可以給大家除了實體書以外，多一個選擇。在這個一人一手機/電腦的年代，電子書實在很方便呢，讓大家隨時隨地可以翻閱喜歡的小說。

記得電子書流行的初期，我非常不習慣在手機及電腦上閱讀小說，可是後來習慣後，卻覺得非常方便。

雖然實體書的手感對我來說無可取代，但不方便拿著小說出門的時候（例如上班途中、去旅行時），電子書實在是非常方便的一種閱讀方式呢！

不知不覺，電子書已和實體小說一樣，成爲我生活的必需品了，也歡迎大家一起加入閱讀電子書的行列。

《夜之賢者》這本小說已經連載至第七集，開始接近尾聲了。

這一集沈夜終於解決了大BOSS傑瑞米，在下一集，便是眾人與白蓮花，以及其主子的正面交鋒囉～

雖然沈夜發現到可以利用信仰之力來傳送的能力，可是這種力量並不是無止盡的，沈夜經過幾次傳送以後都快「沒電」了。

能夠隨時召喚失落神殿，並經由神殿傳送至任何地方，這能力聽起來好像很厲害，但其實實行起來卻有點雞肋，沈夜應該感到很鬱悶吧XD

這麼一想，便覺得有些對不起他了，可是我就是不想增加沈夜的武力值。寫一個很弱的主角，雖然在劇情上有眾多限制，但滿好玩的耶！

雖然小夜武力值很低，可是沒關係啦，反正孩子們滿強的，要好好保護把拔喔！

下一集，便是故事的大結局了。

到底歐內特斯帝國有著怎樣的陰謀？瑪雅這朵有毒的白蓮花，又在當中扮演著怎樣的角色呢？

沈夜來到異世界的目的，便是要改變路卡與阿爾文的命運。不知不覺間，除了兩名小皇子，不少與沈夜接觸過的人也因他而改變了命運的軌跡。例如早應夭折的賽婭、會成爲傑瑞米心腹手下的伊凡、被阿爾文殺死的喬恩，以及與阿爾文不死不休的傑瑞米……

當沈夜與這個世界有著愈來愈多牽扯，改變的事情愈多，那麼他所知道的未來便變得愈加無法確定。

在傑瑞米這個終極大BOSS也被沈夜ＫＯ掉的現在，沈夜身爲主角那先知先覺的優勢幾乎可說是所剩不多了。

到底沈夜努力了這麼久，最終故事仍然是悲劇結局，還是走向Happy Ending呢？請大家拭目以待吧！

香草

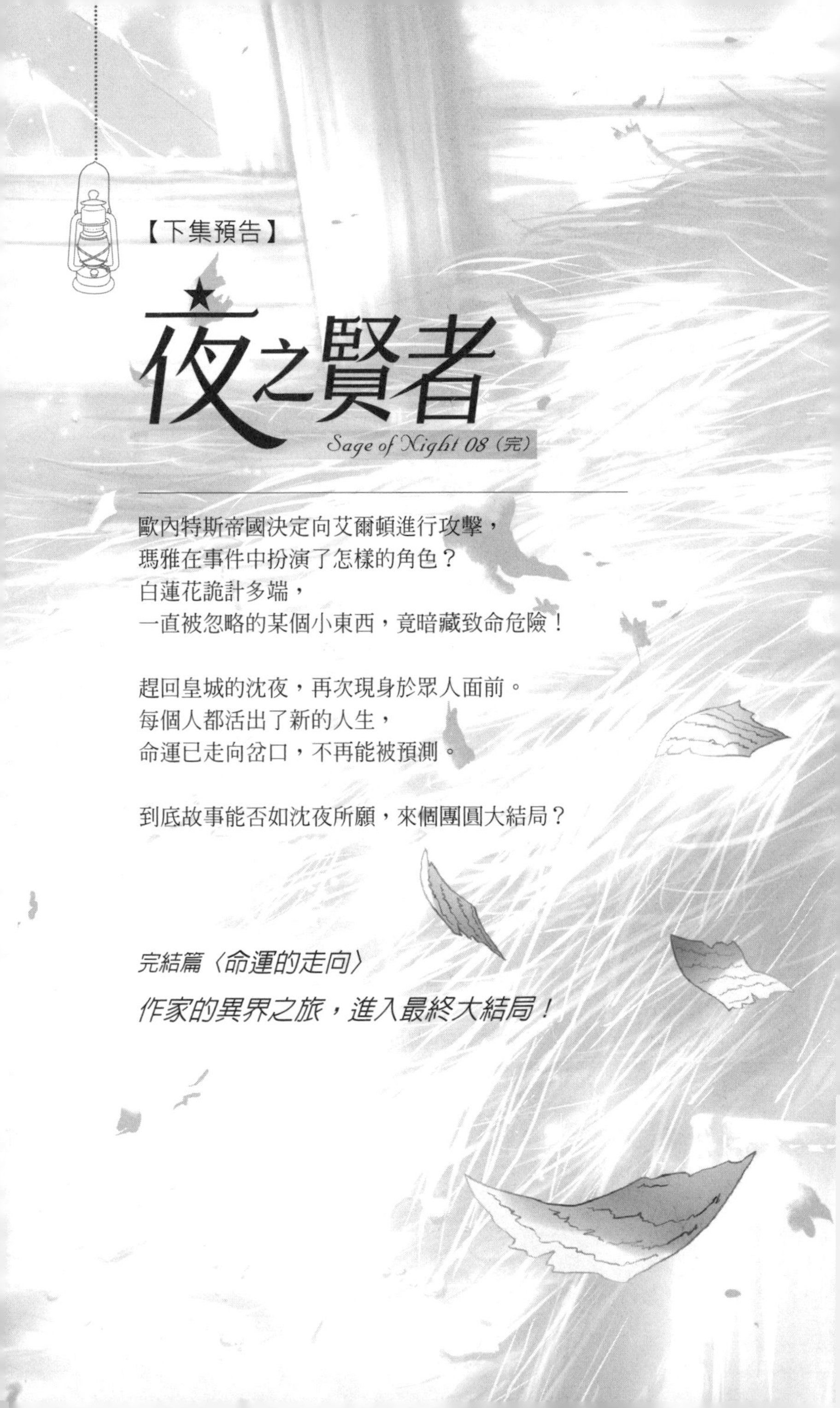

【下集預告】

夜之賢者

Sage of Night 08（完）

歐內特斯帝國決定向艾爾頓進行攻擊，
瑪雅在事件中扮演了怎樣的角色？
白蓮花詭計多端，
一直被忽略的某個小東西，竟暗藏致命危險！

趕回皇城的沈夜，再次現身於眾人面前。
每個人都活出了新的人生，
命運已走向岔口，不再能被預測。

到底故事能否如沈夜所願，來個團圓大結局？

完結篇〈命運的走向〉

作家的異界之旅，進入最終大結局！

國家圖書館出版品預行編目資料

夜之賢者／香草著.——初版.——台北市：魔豆文化出版：蓋亞文化發行，2017.2
冊；公分.（fresh；FS127）
ISBN 978-986-94297-0-2（第7冊；平裝）

857.7 105005230

fresh FS127

夜之賢者 07

作者／香草
插畫／天藍　封面設計／克里斯
出版社／魔豆文化有限公司
地址◎台北市103赤峰街41巷7號1樓
電話◎（02）25585438　傳真◎（02）25585439
部落格◎ gaeabooks.pixnet.net/blog
臉書◎ www.facebook.com/Gaeabooks
電子信箱◎ gaea@gaeabooks.com.tw
投稿信箱◎ editor@gaeabooks.com.tw
郵撥帳號◎ 19769541　戶名：蓋亞文化有限公司
發行／蓋亞文化有限公司
法律顧問／宇達經貿法律事務所
總經銷／聯合發行股份有限公司
地址◎ 新北市新店區寶橋路二三五巷六弄六號二樓
電話◎（02）29178022　傳真◎（02）29156275
港澳地區／一代匯集
地址◎ 九龍旺角塘尾道64號龍駒企業大廈10樓B&D室
電話◎（852）2783-8102　傳真◎（852）2396-0050
初版二刷／2018年1月
定價／新台幣180元
Printed in Taiwan

ISBN／978-986-94297-0-2

魔豆

魔豆